1　そういえば最近

七年も書いてない人なんてそんな人《ひた》ぁもう作家じゃあないですよ、と利根川《とねがわ》さんは言い放ち、器に残っていた羊肉の大きな塊をスプーンで掬った。

二十八回。彼女の咀嚼《そしゃく》回数を心の中で数えてから、瑠依《るい》は口を開いた。

「そんなことはないでしょう」

咀嚼回数を数えたのはざわついた気持ちを静めるためだったが、その甲斐なく尖った声が出てしまい、あ、と思う。しまった、失敗した。

「そんなことあるんです。だから、その設定だと主人公は『小説家』ではなく『かつて小説を書いていた人』ということになります」

私はそうは思いません。そう言おうとして、よりやわらかな表現を探る。壁にかかった絵の中のガネーシャが、大きな目で瑠依を見ていた。もっと心のままに話せばいいんだよ、と言っている。お前は言葉にこだわりすぎるふしがあるようだね。職業病というんだよ、それは。

「手厳しいですね」

結局、そんな言いかたになった。視界の隅を、なにか白いものが通りすぎた。はっと顔を向けても、それらしきものは見当たらない。最近、こんなことがよくある。たんなる眼精疲労の一種だと思いたい。

「でもねえ、書かせるのが私の仕事なので。書かない人のことをいつまでも作家あつかいできませんよ」

隣のテーブルにいた女性のふたり組が「ラッシーと飲むヨーグルトはどう違うのか」と話しているのが聞こえた。だいぶ違うんじゃないかなと思ったが、どこがどう「だいぶ違う」かを説明できないし、いきなり話に入っていくわけにもいかない。盗み聞きしていたことがばれるし、利根川さんだって怒るだろう。なにせ、五年ぶりの打ち合わせの最中なのだ。

利根川さんは瑠依が十二年前に小説家「匙小路《さじのこうじ》ルイ」としてデビューした際の担当編集者だ。卵から孵《かえ》った雛《ひな》がはじめて見た動くものを親だと思いこみ、あとをついて歩くようなもので、デビュー当時からずっと利根川さんの言うことにはすべて従ってきた。ぜんぶこの人に教わった、という思いがある。そのせいだろうか。こちらがちょっとでも生意気なことを言えば利根川さんは「なにさ、『ゲラ』がなんなのかも知らなかったくせに」とせせら笑うのではないかという遠慮のような、不安のようなものがあるのだった。

公募の新人賞でのデビューだった。筆名はつけず、本名の「迫田《さこた》瑠依」で応募した。「匙小路ルイ」という筆名を考案したのは利根川さんだ。あなたにはそれぐらいゴージャスな名前が似合いますよとのことで、雛だった瑠依はそれを素直に受け入れた。

二冊ほど、一緒に本をつくった。三作目の連載の途中で利根川さんが転職した。転職先は絵本や児童書専門の出版社で、その後瑠依にも「子ども向けの本を書きませんか」と依頼をくれたのだが、訳あってその「子ども向けの本」の話は立ち消えになった。

利根川さんはその後も、瑠依が新作を出すたびに感想を綴《つづ》ったメールをくれ、それにたいし瑠依が「ありがとうございます。利根川さんに読んでいただけてうれしいです」というような返信をする。それだけの、じつに淡いやりとりが数年続いた。

はじめて会った時小学生だと言っていた利根川さんの子どもは中学生になり、高校生になり、来年には大学生になるという。

利根川さんはこの春、二度目の転職をした。「また一般文芸に戻りました」とのことで、新しい名刺には「小説スピカ」「編集部」の文字が並んでいた。

先月四百字詰原稿用紙換算で六百枚以上の長編を書き上げたばかりで、アイデアも創作意欲も枯渇気味の瑠依は、気が進まないながらも打ち合わせをする約束をした。なんせ相手は利根川さんなのだから。

なにも浮かんでこないが、わざわざ新幹線で二時間以上かけてやってくる人を手ぶらで帰すわけにもいかない。待ち合わせ場所のカフェに向かいながらあれこれ考えたが、いっこうに小説のアイデアは思い浮かばなかった。

「テーマはずばり『結婚』で」

利根川さんは顔を合わせるなり、意外な提案をしてきた。これまでは「匙小路さんが書きたいものを、自由に」と言うことが多かった彼女の唐突な発言に、正直戸惑った。

「私がですか？」

「はい。どうしてだと思います？」

「どうして」という質問は嫌いだ。無意識に相手の望む答えを探ってしまう。「どうして」は母の口癖でもある。どうしてママの言うとおりにしないの？　どうしてママの言うことに反抗ばっかりするの？　瑠依ちゃん、どうしてママが怒ってるかわかる？

「わかりません」

「匙小路さんだからこそ書ける結婚、夫婦があると思ったからです」

結婚しなくても生きていける時代になった、と利根川さんは言う。自身は二十七歳で結婚したし、現在の生活に満足しているけれども、最近になって「もっと違う生きかたもあったのかもしれない」と思うことがよくあるのだと。

かつて、結婚は「まっとうな社会の一員であること」を示す証明書だったのです。しかし今は違います。それでもなお婚活にはげむ人たちがいる。どうしてだと思いますか、とまた質問形式になった。瑠依が答える前に、利根川さんは喋りはじめた。

「毘小路さんは、以前『結婚願望がない』とおっしゃってましたね」

「言いました。今もそうです。だから私が結婚について書くのは」

「もう！　だからこそ、だからこそなんですってば」

何気ないひとことからアイデアがモコモコと蒸しパンの生地のように膨らむ打ち合わせもあれば、何時間も顔を突き合わせてなにも出てこない、なにもまとまらない、という打ち合わせもある。今日は後者だった。もちろん、打ち合わせがスムーズにいったからとて実際の原稿もうまくいくとは限らないが。

どうがんばっても、なにも出て来そうになかった。喫茶店で向かい合い、唸《うな》ったり黙りこんだり雑談に逃げたりしているうちに時が過ぎ、注文したレモンスカッシュの氷が溶けてただの薄いレモン水になった頃に、利根川さんが開いていた手帳をバァーンと音を立てて閉じた。

「お腹が空いているんでしょ、ね、だからなにも浮かばないんですよ」

なにか食べましょう、と利根川さんはやさしく微笑んだ。自分の子どもにもこんなふうに言うのだろうか。やさしさが、かえって怖い。

喫茶店を出た斜め向かいのカレー屋に移動し、ラムカレーとチキンカレーを注文した。カレーは甘口から激辛までの五段階のレベルが選択でき、瑠依は「普通」を選んだが、額に汗が噴き出すほど辛かった。

普通ってなんですか？　昔そんなセリフを書いたことがあるような気がして、いや違うこれは別の誰かの作品のセリフかもしれないと思い直した。要するに、ごくありふれた、陳腐なセリフであるということだ。

そういえば以前、谷川《たにがわ》くんが辛いものを食べると即お腹が痛くなる、と言っていた。辛すぎるカレーというのはきみ、暴力だよ。妻にもいつもそう話してる。

そう、だからね、うちのカレーは甘口なの。子どもみたいでしょ。

カレーの辛さが、瑠依にとある友人とその妻との会話を思い出させた。

「利根川さん、作家とその妻の結婚生活、なんてどうですか？」

瑠依の知りあいの中ではもっとも仲の良い夫婦だ。口に出してみると、悪くないアイデアのように感じられた。

「彼は何年も小説を書けずにいて」

そこまで言ったところで、「何年もって、具体的にどれぐらいですか」と質問されたのだった。

「七年ぐらい」

谷川治《おさむ》の作品を最後に読んだのは約七年前だ。雑誌に掲載されていた短編で、その後単行本にはなっていない。七年、と繰り返して、利根川さんは笑った。

「七年も書いてない人なんて、そんな人ぁもう小説家じゃあないですよ」

「じゃあ、書いてはいるけどなかなか世に出ない、とかはどうですか？　ボツ続きで」

それもちょっとねえ、と利根川さんは唇をへの字に結ぶ。読者の共感を得られない、という趣旨のことを言われて、まあたしかに、と瑠依も思う。共感などあてにしていたら小説は書けないという思いもありはするが、それはまた別の話だ。

「いったいどうしてそんなに小説家という設定にこだわるんです？」

たいして斬新なアイデアというわけでもなし、とやはり手厳しい。

また「どうして」だ。

これまで無数の「どうして」「なぜ」を投げかけられてきた。なぜこの作品を書いたのですか。このテーマを選んだのはどうしてですか。なぜ○○を主人公の職業に選んだのですか。どうしてこの展開にしたのですか。すべてにたいして「なんとなく、です」と答えたい衝動にかられながら、必死でもっともらしい説明をこしらえる。

テーマの選定や登場人物や舞台の設定などの細かなパーツを精緻なパズルのように組み合わせて書く小説家もいるのだろうが、瑠依は違う。物語は常に綿毛のように空中を浮遊しているもので、それをつかまえるだけだ。綿毛は、目に見えない。それでも必死で目を凝らしているうちに、ぼんやりと輪郭がつかめる。そっと腕を伸ばして、手を広げて、受けとめる。ぎゅっと握りしめたら潰れてしまうし、気を抜くとまた風にのって飛んでいってしまう。小説の中で用いる言葉はすべて、その綿毛をとどめておくための錘《おもり》に過ぎない。

瑠依には「書けない」という経験がない。スランプならもちろんある。ちょうど今のように、なかなか綿毛をつかまえられない時もある。

最近、一行書くたびに「前も書いた」と思う。こんな場面を、こんなセリフを、もう何度も書いてきた、新たに書く意味がないと頭を抱える。それでも、毎日なにか書くようにしている。翌日になればぜんぶ削除してしまうとわかっていてもだ。苦しい作業だ。でも繰り返しているうちに、また書けるようになってくる。透明な綿毛がぽやぽやと自分の頭上を舞う、その気配を感じとる。

同業者にその話をすると、あんたのそれはスランプなんかじゃない、と怒られた。ほんとうのスランプというのはもっともっと苦しいものだし、何年も書けない人だってザラにいるんだ、と。

しかし瑠依は、彼らが時折言うような「筆が乗って乗って止まらない」というような絶好調を一度も経験したことがない。もしかして自分は小説家としてはかなりつまらない部類に入るのではないかと思うこともある。だが誰かと比べてもしかたがない。持っているもので勝負するしかないのだから。

「利根川さんは、愛里須《ありす》さんに会ったことはありますか？　谷川治くんの妻の、愛里須さんです」

谷川治とその妻の仲睦まじさは、かつて瑠依のゼロだった結婚願望を0・5程度に引き上げた。

「あのふたりのような夫婦の話なら書いてみたいです」

他に瑠依のよく知る「夫婦」と言えば、自分の両親ということになってしまう。そうすると瑠依は結婚というもの、夫婦というものを、抑圧とかそういったネガティブな側面からとらえた小説を書くしかなくなる。フィクションであっても、自分が「嘘だ」と感じることは書けないからだ。利根川さんはそんな原稿が欲しいわけではないだろう。

だって、以前言っていた。ハッピーエンドって作中人物が幸せになるっていう意味じゃないんですよ、本を閉じた読者が「ああおもしろかった、また明日からも頑張ろう」とか、そんなふうに思える結末のことなんです。あなたにはそういう物語を書き続けてほしい、と。

「あ！　そういえば最近」

利根川さんが突然、がばっと顔を上げた。

「え？　はい、どうしたんですか」

姿勢を正した瑠依は、その後、思いもよらぬ言葉を耳にすることになった。利根川さんによってもたらされたニュースはあまりに不穏だった。すくなくとも、「そういえば最近」で切り出すような話題ではなかった。

帰りの電車の中で、利根川さんから聞いたニュースを反芻《はんすう》する。十六時過ぎという時間帯のせいか、座席は八割ほどしか埋まっていなかった。座ろうと思えば座れるけど、と思いながら、ドアに寄りかかって立っている。視線は中吊り広告のあたりに据えているが、それが何の広告であるかまでは意識が回っていない

最近、谷川治と連絡がとれなくなってしまったのだという。利根川さんは彼の担当でもあるのだ。電話をかけたら「この電話番号は現在使われておりません」というアナウンスが流れ、メールを送っても、送信先が見つからずエラーになる。メールアドレスごと削除しているのではないかという話だった。ほんとうは今日もせっかくだからついでに谷川さんにお会いしたかったのですがと残念そうだった。

七年書いていない人は小説家じゃないと言う割に、谷川くんについては見限ることもなくマメに連絡をとっていたんですねと言うと、利根川さんはきまり悪そうに黙りこんだ。責めたつもりはなかったのだが、彼女は嫌味として受け取ったらしい。

責めたつもりはなかった。しかし攻撃的な感情がひとかけらも含まれていなかったとは言い切れない。

だって「締め切りを守らない作家は困る」「情緒不安定な作家は手がかかる」と話す時の編集者は皆一様ににこにこと嬉しそうだ。匙小路さんは筆が速くてたすかります、と言いながら、瑠依にたいするそれよりも何倍もの手間と情熱を「手のかかる」作家に注いでい

るに違いない。

原稿の依頼が途絶えたことがないのは自分の作品が優れているからではなくて、たんに使い勝手が良いからなのではないか。

谷川治と瑠依は、同じ年の同じ月にデビューした。公募の新人賞を受賞して、という経緯は同じだが、受賞年は彼のほうが数年はやかった。

瑠依は出版社主催の新人賞だったが、むこうは地方自治体主催の文学賞で、しかも短編の賞だったために、一冊の単行本として刊行するまでに時間がかかったのだろう。

ぼくの名はね、本名なんです。敬愛する文豪の名、一文字ずつで構成されている名なんですよ。はじめて会った時、あいさつもそこそこにそう言い放った。

いきなりなんなんだこいつ、生まれながらの作家なのですとでも言いたいのか？　と呆れつつ、「そうなんですか、よくばり三点盛りみたいでかわいいですね」と答えた。それを聞いた谷川治はぱっと顔を赤くした。怒りのせいなのか照れのせいなのかはわからないけれども、ものすごくわかりやすく感情が顔に出る人なんだなと思った。

小説誌の「新人作家座談会」という企画の場だった。他にも同時期にデビューした新人が数名呼ばれていた。彼らは全員東京およびその近郊に住んでおり、瑠依と谷川治が同じ市に住んでいるとわかると、どよめきがおこった。

同期デビューで同い年、ついでに百六十五センチという身長も同じで、星座も同じ獅子座だ。さらに話していくうちに判明したのだが、おたがいの居住地が川を挟んだほんの近所だった。

作風は違うが、ミステリとか純文学とかSFとかホラーとか歴史小説とかといった明確なジャンルのない、口の悪い人に言わせれば「なんか中途半端」な小説を書いているという点でもふたりは一緒だった。

あの時座談会で呼ばれていた作家のひとりはその後日本でいちばん有名な文学賞を受賞し、また別のひとりは作品が次々と映像化されている。

自分がいちばんパッとしない、と谷川治はよく言っていた。いや、プライドの高い男なので、そこまではっきりとは言わない。ただ要約するとそんなふうな趣旨のことを、ぐだぐだ、ねちねちと垂れ流す。愛里須が経営する『文学スナック　真実一路』で、瑠依はよく彼の愚痴を聞いた。足繁く通った時期もあったが、最近は忙しくなったこともあって足が遠ざかっている。

年に二冊、というのが瑠依の、いや匙小路ルイの単行本の刊行ペースだ。本を出し続けることがなによりの宣伝活動なのだと利根川さんに言われたので、忠実にそれを守ってきたのだった。

精力的な執筆活動、と言われることもあるが、自分はただ働き者なだけだと思っている。調子の良くない日もそうでない日も、決まった量の原稿をこなしているうちに著作が積み上がった。

瑠依が書く小説の中で生きる人々は働き、あるいは学び、他者と出会う。ひかれあい、または反発しあい、代替のきかぬ関係を築く。ひととき繋がり、別れる。成長する。変化する。なにかを得て、なにかを失う。なぜなら、それが物語というものだからだ。近未来を生きる少女の物語だろうが、鎌倉時代の武士の物語だろうが、基本は同じはずだ。

「匙小路ルイ」の作品は、作者にはその意図がないにもかかわらず、読者に恋愛めいたものを強く感じさせるようだった。自分では友情を描いたつもりでも「これは完全に恋だ、いや愛だ」と読者は色めき立つ。いつしか匙小路ルイは恋愛小説家と呼ばれるようになった。瑠依はかつてやや奇抜な筆名を受け入れた時と同様に、その肩書を受け入れた。「なんか中途半端」よりは、ずっとよかったから。

谷川治はデビュー作の後に長編書き下ろしを一冊、連作短編集を一冊刊行したきりだ。会えば「書けない」の一点張りで、酔いがまわると「きみはいいよな」というようなことばかり言うようになり、嫌気がさしてきた。あの店から足が遠のいた理由は、多忙のせいだけではないのだ。最後に会ったのがいつだったか、もう思い出せない。

「離婚したという噂です」

利根川さんはなにか忌まわしい言葉のように「りこん」の三文字を口にした。

あのふたりが離婚とは。離婚自体はべつだん忌まわしくもなんともなく、周囲でも日常的におきていることであるが、まさかあのふたりが？

　電車のアナウンスが降車駅の名を告げ、瑠依は立ち上がった。ポケットの中でスマートフォンが振動している。表示をたしかめてから、またポケットに戻した。冷房で冷え切った身体にホーム上のこもった熱気がおそいかかる。ここ数年の夏の暑さはまったくもって異常で、人間が外で活動をしてはいけないレベルに達している。

　瑠依は五年前にマンションを購入した。購入時点で築二十年だった。間取りは2LDKで、ひとり暮らしには十分すぎる広さだ。日当たりがあまり良くないので、本を良い状態で保つことができるところが気に入っている。駅から徒歩八分という微妙な位置だが、駅からマンションまでの経路上に、生活用品や食料を購入するスーパーやドラッグストアが並び、利便性が高い。

　マンションを買ったことを報告した時、母は「じゃあ、結婚はもうあきらめてるってこと？」と、いかにも悲しげにため息をついた。あきらめたのではなく最初からする気がなかったのだと何度伝えても、信じようとしない。母にとって自分が理解できないものは嘘と同じなのだ。

　父はなにか言っただろうか？　記憶にない。とくになにも言われなかったような気がする。ある時期から、急に会話がなくなった。おそらく、自分の娘が制御不能な存在となったと気づいた瞬間から無関心になった。気づいたぶん、母より賢い。いや、もともと瑠依にたいする期待や興味が母よりずっと薄かっただけかもしれない。

周囲の人びとからは「じゃあもう、東京に移るとかはないんだ」というようなことを言われる。小説はどこでも書けますから、と答えているが、ほんとうは作家で居続ける自信がないからだ。

今のこの気力や体力、なにより人気がいつまで続くことか。作家だの先生だのともてはやされても依頼が来なければそこで終わる。職業と呼ぶにはあまりに不安定な身の上だ。

集合ポストを開けると、新聞と各種請求書、印税の振込明細などに混じって一通の手紙があった。差出人の名は「谷川治」となっている。脈がはやまるのを感じた。長いつきあいだが、手紙をもらったことなどない。自宅のある八階に向かうエレベーターが、やけにのろい。靴を脱ぐ間も惜しく、瑠依は後ろ手に鍵を閉めるなり、手紙を開封した。ほんの数行の、短い手紙だった。

匙小路さん
諸事情あって、街を離れることになりました。突然で申し訳ないが、きみに預かってほしいものがある。別便で送ります。こちらのことは心配ご無用。あとは万事よろしく。
谷川治

封筒をあらためたが、他にはなにも入っていない。携帯に電話をかけてみても、利根川さんが言っていたとおり、「お客様がおかけになった電話番号は現在使われておりません」という無慈悲なアナウンスが流れるのみだった。

愛里須の電話番号は知らない。連絡先を交換するほど親しくはなかった。あらためて封筒を手にとる。送り主の住所はないが、ここからそう遠くない地名の消印が押してある。近所でも道に迷うような方向音痴のせいでめったに家から出ないという谷川くんにしてはめずらしいとは思ったが、驚くほど遠い場所でもない。

「諸事情」とはなにか。「預かってほしいもの」とは。首を傾《かし》げたところで、インターホンが鳴った。手紙を読み終えたらさっそく「別便」が到着か。まるで自分の行動を一部始終観察しているかのようなタイミングに慄《おのの》きながら、瑠依はオートロックの解除ボタンを押した。

そういえば最近

寺地はるな

Terachi Haruna

U-NEXT

緋色の帽子の女

妻

ねえ、聞いてよママ。あの人ったらまたあたしの知らないところでお金を借りてたんですよ。このあいだ内野さんへの借金を返したばかりなのに、油断も隙もありゃしません。

高井戸さんって覚えてますか？　内野さんと同じ、始《はじめ》ちゃんの中学校だか小学校だかの同級生だっていう、あのシュッとした人。細身のスーツがよく似合う。信じられないぐらい靴が尖ってるあの高井戸さん。前はよくうちのお店に来てくれてたんだけど最近はさっぱりで、河岸《かし》を変えたのかしらねえなんて思ってたら駅前のスーパーでばったり会って。なんだかもの言いたげにモゴモゴしてるもんだからピンときて「なにかありました？」って訊いてみたの。そしたら「始に貸した金、まだ返してもらってなくて」だって。いくらか訊いたら一万円だって。あっきれた。
もちろんその場でお渡ししましたよ、剝き出しですみませんけどねって。あたしだって
ほんとうは封筒に入れて渡すべきだと思いました。だってママならきっとそうするでしょ。
でも持ってなかったし、ティッシュにお金包んだら親戚のおばちゃんがくれるおこづかい
みたいになっちゃうし、とにかく一刻もはやく返したかったから。
あたし、借金って大嫌い。貸すのも借りるのも嫌。
これは金額の大小の問題じゃないの。断れないほどでもないし、貸したところで督促も
しづらいような微妙な金額の借金繰り返してたら、数少ない友だちも離れていっちゃうよ
ってことを、あたしは始ちゃんに言いたいんです。始ちゃんが憧れてるあの、ほら、なん
だっけ？　なんたらいう文豪？　借金するのってそいつの真似《まね》のつもりなのかな。そんな
とこ真似してどうするんだって思うんだけど。
ねえママ。あの人ってどうしてああなんでしょうね。バイトに行かせりゃ腰だか足だか
痛めて半泣きで帰ってくるし、お酒を飲んだらおれはいつかノーベル文学賞を獲る男だみ
たいな大風呂敷をね、もうほんとダブルベッドのシーツなみにでっかい風呂敷を広げるし
さ。「取る」じゃないぞ「獲る」だぞ、取得じゃなくて「獲得」なんだ、とか言ってて心底ど
うでもいいし、しかも酔った時だけ一人称がぼくからおれになるのがよけいに腹立つのよね。
ちょっと言い過ぎかな？　昔、あたしが愚痴こぼすたびにママは「あれでもわたしのか

わいい息子だからさ」って庇《かば》ってたよね、始ちゃんのこと。怒らないでね。だって最近の始ちゃん、大口叩くばっかりで肝心の原稿はちっとも書かないんだもの。愚痴のひとつも言いたいよ。

大好きなママに「あの子を頼む」と言われて結婚した手前こんなこと言いたかないですけど、いつまでもこのままならあたしにだって考えがありますよ。

夫

お母さん。最近、愛里咲《ありさ》がひどいんです。

前から異様にふてぶてしい女でしたが、それに拍車がかかっています。今朝もスマホのアラームが鳴っているのにぼくが起きなかったという理由で「うるさい」と怒られ、布団ごしに腹を踏まれました。ひどくない？

さっさと顔を洗え、飯を食え、よく嚙め、近頃調子が悪いようだからキャベジンを飲んでおけ、それが終わったら書け、書け、とにかく書け。発する言葉がぜんぶ命令形です。信じられません。だいいち書け、書け、とこっちの気も知らずに簡単に言いやがって。

小説というものはそう簡単に書けるものではないのです。デビューしてからはや数年。これまでに二冊の本を出しましたが、やすやすと生みだした作品などひとつもありません。

お母さん。創作とは穴を掘ることです。己の内側を掘り進めると、必ずや目を背けたくなるようなものがあらわれる。そのまま土をかけて覆い隠したくなるような醜悪な感情を解剖し、観察し、培養する。でも時にはそうして育て上げたものを自ら葬ることもある、苦しい苦しい作業なんです。それを簡単に「書け書け」と言ってもらっちゃあ困るんだよな。

お母さんも知ってのとおり、愛里咲はもちろん悪いところばかりの女ではありません。気前が良くて、威勢が良くて、なんというか裏表がない。じつに気持ちがいい。

ぼくときたらなにしろ幼少のみぎりより冴えない日々を送ってきましたから、教室の隅からクラス内の人間模様をねっとりじっとり観察するぐらいしか楽しみがなかったわけで、他人の言動の裏を読むのには長《た》けているつもりです。でも愛里咲にかぎっては本音と建前を使い分けるなんてことはないのです。あれでよく客商売がつとまるものだと思いますが、ふしぎと客足が途絶えません。

もっとも感心するほど仕事熱心な性質ではあります。最近じゃキッチンカーの購入を検討しているようです。酒の相手より料理が好きなのだそうです。あなたから譲り受けた店を守りたいというのが口癖ですが、ほんとうは酒より、料理をメインに出したいと思っているのです。

ええ、わかってますよ。ぼくにはもったいないぐらいの妻なんだ。よくわかってる。

キッチンカーを購入したあかつきには、横っ腹に毛筆体で店の名を書く予定だそうな。そうです、『路傍の石』です。あなたがつけた店名です。『文学スナック　路傍の石』。そもそもの店の名前が意味不明なのに、そんなキッチンカーが街中を走っていたら度肝を抜かれますね。でも最近は奇抜な店名が多いようですから平気でしょうか。

昔はずいぶん同級生にからかわれたものでした。お前の母ちゃんろぼうのいし〜とか言われて小石を投げられたりもして、いや恨み言を言いたいわけではなくて、ほんとうにそういう話じゃなくて、本がぎっしりつまった天井まで続く書架に囲まれたスナックなんてそうそうあるものじゃないって言いたいだけです。客はカラオケやら酒に夢中でその本にはまるで興味がなさそうでしたが、ぼくは二階の自宅より店にいるほうが好きだった。カウンターの隅の椅子がぼくの指定席でしたね。お母さんは客の相手をしながらぼくの食事を用意し、ぼくはそれを食べながら本を読んだ。作家になったのはそういう成育環境のおかげかもしれません。いっこうにヒット作など生み出せてはおりませんが、生み出せそうな気配すらありませんが、これでもぼちぼち依頼は来ています。

でもお母さん、なぜかなぜだかお母さん、最近ぱったり書けなくなってしまいました。どうしてでしょうお母さん。お母さんお母さん。書くことがこれっぽっちも思い浮かばないんですお母さん。

デビュー前はよかった。書きたいことが後から後から溢れてきた。それが最近はまるでだめ。なにひとつ書けやしない。文章やストーリーが浮かばないとか、そういうことじゃない。原稿用紙に向かっている時に疑問が、あぶくみたいにぷかりと浮かび上がってくるんです。これ、ほんとうにおもしろいのかな。書く意味あるのかな。だってぼくよりもっとおもしろい小説を書ける人がいっぱいいるのにって、つい思ってしまうんです。うっかりエゴサーチをしてしまった際に見た、星ひとつのレビューがいけなかったのかもしれません。月並み。半径五メートルの日常って感じ、おもしろくない。そんなふうに書いてありました。

エゴサーチなんかするなよ、という意見もあります。ほめられてるわけがないんだからさ、見れば見るほど病むぞ、なんてね。ごもっとも。貴重なご意見、ありがとうございます痛み入ります。でも小説というものは人に読まれてはじめて完成するものなのです。誰にも読まれない小説は存在しないのと同じです。だからどのぐらい読まれているのか、そしてどんなふうに読まれているかってことが気になるんです。どう読まれたのかまったく気にしない、なんて態度のほうが、むしろ読者に失礼ではありませんか?

だからぼくがこれから書くものは読者をギャフンと言わせるのみならず、フギャンと圧倒するものでなくてはならないんです。ぼくは今までのぼくでいちゃいけないんです。もっと広い世界のことを書かなければならないんです。なんとかネタを探さないと。いや、たいしたものじゃなくていい。なにかちょっとしたヒントがありさえすればいい。

もう、もう締め切りがすぐそこまで来ているのに、と焦る気持ちのせいか毎夜のごとく悪夢にうなされます。愛里咲はそんなぼくの睡眠事情などおかまいなしに、朝早くから騒がしい。

しかし、しかしです。お母さん。報告したいのはここからなんです。今朝、朝食をとるために一階におりていくと、カウンターの隅のぼくの指定席に赤い帽子が置かれていたんです。いや、あれは赤というより、緋色、と呼ぶべき色でした。これはだれのだろうと愛里咲に見せると、愛里咲はしばらくぼんやり首を傾げていました。

手に取って眺めてみるとなつかしいような、それでいて妙に胸がざわつくような帽子です。つばが広く、縁のあたりの生地はこすれて白くなっていました。帽子の布地よりはすこし濃い色のリボンが巻かれています。

「どこのおばあさんが忘れていったんだろう」

おばあさん、と限定したのは、その帽子がいかにも古めかしかったからです。裏側に縫いつけられたラベルには「アネモネ」という、聞いたこともないようなメーカー名？　が記されています。アネモネの四文字はカタカナ表記で、風にそよいでいるように斜めに傾いて、「ネ」の点は花びらみたいになってました。

「あら」

愛里咲はむきになったように「おばあさんだなんて。とってもきれいな人でしたけど？」

と唇を尖らせました。

「きれいな人？」

「そうよ！」

そのあとなぜかひどく不機嫌になって、ちょっと焦げた卵焼きを出してきました。

帽子は今、ぼくの目の前にあります。緋色の帽子。「きれいな人」が忘れていったという帽子。なんだか謎めいていて、想像力を掻き立てられます。

緋色の帽子の女は、どうしてこのぱっとしない町の、こんな場末のスナックに現れたのだろう？　しかもきれいな女ですよ。謎めいた、秘密を抱えている女に違いありません。昔の恋人に会いに来たとか。ありきたりですね。生き別れた母親かもしれない。あるいは人知れず捨てた子ども。

あるいはもっと複雑な事件が絡んでいるという可能性もあります。横領して逃げてきたとか。いや実はその女はもっと重い罪をおかしていて、アリバイを偽装するためにこの店に立ち寄ったのかも。周囲の人に自分を印象づけるために派手な帽子をかぶって？

こうやって、まだ小説の種とも言えない、ふんわりした空想を広げている段階が、じつはいちばん楽しいのです。はじまりの予感に満ちたひととき。

今までとは違う、新しいなにかが書けそうな気がしています。

いや、書かなければならないんです。

妻

ママ聞いて。あの人、ちょっとやる気が出てきたみたい。日がな一日あの帽子をいじくりまわしてはひとりでぶつぶつ言っています。

どんな女の人だったの？　すこしも覚えてないの？　としつこいので、うるさい、教えてあげない、とにかくきれいな人よ、と言ってやりました。嘘はついてないもんね。頃合いを見計らって「お隣さんに訊いてみたら？　たしかその日、うちに来ていたはずだから」とアドバイスしてやりました。あたしにも考えがあるって言ったでしょ？　あの人にも、もうそろそろ働いてもらわなくちゃ。

夫

参った。いやいや参った。お母さん、たった今帰りました。帰ってまいりました。帽子の持ち主のことをちっとも覚えていない愛里咲に業を煮やして、隣の古着屋の親父に会いにいったのです。古着屋の親父こと滝谷《たきたに》です。下の名前は知りません。『路傍の石』に週五回通いつめる、あの滝谷です。五十年代のヴィンテージドレスから近所の爺《じじい》が売り払いにきたドテラまで売っている古着屋『コメット』の店主、滝谷です。

滝谷はぼくを見るなり「アッ、めずらしいな……お前が外に出るなんて」ともぐらでも見つけたようにぽかっと口を開けました。

「外ぐらい出ますよ、ぼくだって」

むっとして言い返すと、滝谷は頭髪の乏しい頭をピシャと叩いて「ハッ」と笑いました。

「でも愛里咲ちゃんが、始は近所にお使いに行かせただけで道に迷うって言ってたぞ」

「うるさいな」

坊ちゃんは親譲りの無鉄砲で小供の時から損ばかりしていたそうですが、ぼくは親に似ない出不精の方向音痴で子どもの頃から迷子になってばかりいます。もっともそれはこの町のつくりのせいでしょう。細い路地が迷路みたいに入り組んで、どこまで行っても同じような古い家とシャッターをおろした個人商店ばかり。曲がり角を間違えただけでたちまち自分の現在地を見失う。だからぼくはいつも決まりきった道しか通らないようにしているのです。買い物をするコンビニも駅前の一軒のみと決めている。近道を探そうなんてもってのほかだ。

迷子にならないように、あらかじめあちこち出歩かない。完璧なリスクヘッジです。だいいち自分の住んでいる町をよく知らなくたってたいした問題じゃない。ぼくの生きる世界は本の中にあるんだから。本が連れて行ってくれる世界は無限に広く、神秘に満ちている。

現実はつまらない。とくに、こんな小さな町の現実は。きっとこんなところで育ったからぼくは半径五メートルの日常だとか他人に揶揄《やゆ》されるような物語しか書けなくなってしまったんだ。ぜったいにそうだ。

店に来る客たちはぼくのことを「ひきこもりの息子がひきこもりのヒモに成長しただけじゃねえか」なんて軽口を叩くけど、違うんだよな。だってひきこもりというのは「仕事や学校に行かず、かつ家族以外の人との交流をほとんどせずに、六か月以上続けて自宅にひきこもっている状態」を言うのですからね。もしそんなこと原稿に書いたら校正のひとから指摘されてるところですよ。言葉の使いかたが雑なやつっているんだよな！

すみません取り乱しました。とにかくお母さん、ぼくは滝谷に例の帽子を見せたのです。

「この帽子をかぶっていた女の人に会いませんでしたか？　お客さんの忘れもののようなんですが」

会ったかって、いや会いはしたけど、と言ったっきり、滝谷は口ごもってしまいました。

「いやべつに住所だとか名前だとか、そんな個人情報的なことが知りたいわけじゃないんですよ、ただどんな人だったのかなと思って」

「ええ……話しちゃっていいのかなあ」

いやにもったいをつけやがります。「いいから教えてくださいよ」とにじり寄ろうとしましたが、滝谷はするりと身をかわしました。

「その人は、かつて大恋愛をしていたんだよな」

大恋愛。ずいぶん古臭い言葉です。滝谷はぼくにみょうな視線を送ってきて「聞きたいか？」なんて言ってきました。

「お知り合いなんですね？」

「まあね」

もったいつけちゃってまあ、と思いながら「ぜひ」と両手を合わせました。

滝谷の話は、以下のようなものでした。

ひとりの女がいた。ものすごい美人と言うわけじゃない、でもあの人が笑うと花がぱっと開いたみたいだった。いや違うな、ホースで芝生に勢いよく水をぶちまけた時にちいさな虹がたくさんできる時があるだろう、あんなふうにきれいな笑いかたをするんだ。

二十歳だった。両親をはやくに亡くして、頼れる兄弟や親類もおらず、町に一軒しかない酒場で働いていた。やがて女はひとりの男と恋に落ちた。いわゆる地主の次男坊で、頭は良かったが身体が弱いせいで仕事に就くこともなく、家督をついだ長男の手伝いのようなことをして暮らしていた。年齢は女と同じ二十歳。

次男坊の両親は女との交際に反対だった。どこの馬の骨ともわからぬ娘にうつつを抜かしおって、というわけだ。しかし反対されればされるほどふたりの関係は親密さを増していく。おおっぴらに外で会うことはかなわない。酒場の二階に間借りしている女の住まいに男が忍んで会いにいった。とはいえ毎日会えるわけじゃない。女には「休日」というものがなかった。「今なら会える」という目印として、ベランダにこの帽子を掛けておく約束をしていた。ひと晩一緒に過ごせるわけじゃない。一時間、へたすりゃ数十分、そんなふうに隙間を縫うようにして逢引きを重ねた……。

どう思いますかお母さん。ぼくはなんと凡庸なラブストーリーであろうかと呆れました。凡庸且つ嘘くさい。嘘くさいけど、でもねお母さん、読者って意外とベタを好みません？王道と言い換えてもいいです。物語の王道パターンというものがあり、そのお約束にそった物語に新鮮な要素がミックスされたものを求めているんでしょ？ぼくもそこまではわかっているんだ、それを書くのが難しいっていうだけで。とにかく、身分違いの恋。じつに王道です。続きを聞いておいても損はない。

「それで、そのふたりはどうなったんですか」

それはな、と滝谷が腕を組んだ時、店のドアが開きました。「どーもー」と元気いっぱい入ってきたのは宅配便の若者です。滝谷が「えーとハンコ、ハンコ」とシヤチハタネームを片手にキョロキョロするというコントのようなことをしていると、さらに客らしき女性が入ってきて、狭い店内は人でいっぱいになりました。

「あたしのスカートはどこ？」

おそらく七十代、いやもっと年配かもしれない。髪を紫色に染めたその女性はぼくの袖を引くようにして訊《たず》ねます。どうも店員と間違っている様子。取り置きでもしていたのでしょう。ぼくがおろおろしながら「いえ、ぼくはこの店の者では……」と否定しているにもかかわらず「ねえ、どこよ、どこよ」とTシャツの袖を引っ張り続けます。このままでは袖が伸びて振袖みたいになってしまう。ぼくは滝谷に助けを求めましたが、滝谷は「珍味のナガオカ」と書かれた段ボールをのぞきこんで「ヒョー」などとはしゃいでいます。いったいあの箱にはどれほどの山海の珍味が詰まっているというのか。お取り寄せに夢中でお取り置きは完全無視か。

「滝谷さん！」

二度呼んで、滝谷はようやく顔を上げました。

「レジの奥のラックに、青いスカートがかかってるから、それをとってきてくれよ、始」

なんでぼくが……？　という苛立ちを抑えつつしぶしぶレジの裏に行くと、言われたとおりスカートが一着、ぶら下がっていました。滝谷は「青い」と言いましたが、正確にはこまどりの卵の色です。ロビンズエッグブルー。ティファニーの箱と同じ色。チューリップの花を逆さにしたような形状と言いましょうか、五枚ほどの布地を縫い合わせて作られているようです。布地、チューリップでいうところの花弁の一枚一枚に夥《おびただ》しいフリルが縫い付けられていました。

スカートを手に戻ると、女性は「これよ！　これ！」と叫んで、ぼくの手からスカートを奪い取り、自分の腰に当ててみせました。

「どう？」

あなたのようなおばあさんには派手過ぎるのでは？　というのが、ぼくの正直な感想でした。しかし滝谷は「いいね、いいね」と拍手までしてみせます。女性はくるりとターンをしたり鏡の前でポーズを決めたりした挙句、代金を支払って帰っていきました。

「やはり、お客さんに『似合わない』という言葉は禁句なんですか？」

「何の話？　ほんとうに似合ってたから、そう言ったまでなんだけどねえ」

「嘘でしょ。あんな……」

年甲斐もなく、という言葉が喉元まで出かかりました。年寄りだからおしゃれをするな、と言いたいわけではないのです。

「いや、でもね、もっと年相応の服を着るべきなんじゃあないかなって」

ぼくが言うと、滝谷は上体を反らして「ハッ」と息を吐き「好きな服さえ着られずに、なにが人生だ」と笑うのです。人生ですと。なんと大袈裟な。

「そんなつまらねえ常識にとらわれてるから、てめえの小説はつまらないんだよ」

滝谷は言ってはならないことを言いました。お母さん、ぼくはあいつを絶対に許しません。

妻

ねえママ。あたし、失敗したかしら。始ちゃんったら滝谷さんのところから帰ってくるなり、ぶつぶつ言いながら布団かぶって寝ちゃったのよ。なにがあったか知らないけどさ、作家ってほんとうにあつかいにくい人種ね！
『コメット』に行ってみたら、滝谷さんあたしの顔見るなりうつむいちゃって、汗かきながら「なにも言ってない」だって。そんなの、まずいことを言いましたって白状してるようなもんよ。ごめんごめん愛里咲ちゃんってなにか紙を握らせてきたから、始ちゃんへのお詫びの手紙かなんかだと思ってよく見たら明日の大セールのチラシだったたし。始ちゃんも大概だけど、滝谷も滝谷だわ。呼び捨てでごめんなさいね。

夫

滝谷、ぜったいに許さない。許さないったら許さない。

でも話の続きは聞きたい。どうにかこうにか己の怒りを鎮めて、また滝谷のところに行きました。

すると、なにやら人だかりができています。入り口のところには「大セール」とはり紙がしてあります。

「始、いいところに来てくれたな」

昨日ぼくにとんでもない暴言を吐いたことなどすっかり忘れているらしい滝谷が、笑顔で手招きしていました。なんだよちくしょう足元見やがって、と憤慨するぼくに、さまざまな雑用を押しつけてきます。この服を袋に入れて、あの人に二十円のおつりを返して、ゴミ捨ててきて……。

昼過ぎには愛里咲が様子を見に来ました。

「調子はどう?」

「どうじゃないよ。なんだか知らないけどこき使われているんだよ。助けてくれ」

愛里咲はげらげら笑い「いいじゃない、たまには労働の汗を流してきなさいよ」と背中を叩いてくる始末です。

男、女、若いの、老いたの、じつにいろんな客が来ました。滝谷の古着屋がこんなにも人気のある店だなんて知りませんでした。

そもそも、この町にこんなにもたくさんの人がいるということが驚きでした。一般的に、洋服をあつかう店というのはターゲットとする客層がありますよね。若い女性向け、年配の男性向け、というように。もっと細かく会社で働く人の業種で分類されている店だってありますよね。紳士服店などがそうです。

でもお母さん、『コメット』にはそんな分類はないのです。細っこい身体をした男が女もののブラウスを買っていく。若い女が男もののネクタイを買っていく。どの服になにを合わせてどこに着ていくか、それらはすべて購入者自身が決めるのです。滝谷が言ったとおり「好きな服さえ着られずに、なにが人生だ」を地で行く人びとの集まりでした。

愛里咲も黒い生地に大きな百合の花が描かれた、やたらツルツルテロテロした生地のワンピースを買っていきました。昨日の女性も来ました。さっそく例のこまどりの卵色のスカートを穿いていました。ぼくの目にはやはり年甲斐もなく派手な服とうつるのですが、他の客にスカートをほめられて喜ぶ、その華やいだ表情はこちらの胸を打つものがありました。

隙を見て滝谷に話の続きをせがむのですが、その都度客に邪魔されて、なかなか聞けません。

女はやがて妊娠した。だが結婚は許されない。結局、ひとりで子を生んだ。男はまもなく、親が決めた相手と婚約した。そのあとは二度と彼らが会うことはなかったが、女はその帽子を大切にし続けた……。

なんとか忙しい合間をぬって断片的に聞いた話をめちゃくちゃ要約すると、だいたいこんな内容でした。滝谷が目に涙を浮かべて「切ないねえ」と呟いた時に、ふと疑念が浮かびました。もしかしてこの話に出てくる「男」とは、滝谷本人のことではないか？　要はこいつ、自身が経験した過去の恋愛を盛りに盛って語って気持ちよくなっているだけなのではないのか？

それにしても、ぼくが物語に苦心惨憺《くしんさんたん》しているそのあいだ、すぐ隣の『コメット』では「好きな服を好きなように着る」という、ぼくの知らない喜びに耽溺《たんでき》する老若男女の人生模様が繰り広げられていたとは。

好きな服さえ着られずに、なにが人生だ。最初に聞いた時には大袈裟だと思いましたが、服によって震えるほどの生きる喜びを感じる人間は、たしかに存在するようです。ぼくにとっての物語が、彼らにとっての服なのでしょうか。

話の続きが聞けたのは、閉店の時間を迎えた後でした。

「おつかれさん。これ、今日のバイト代」

滝谷が薄い封筒を手渡してきます。

「バイト？　してません。そんなの」

「いやいや、じつは愛里咲ちゃんに頼まれてたのよ、おれ」

なにを頼まれたというのか。ぼくをここで働かせること？　ぼくがなかなか小説で稼げないものだから？　ちょっとバイトでもしてこいやと？　そういう話か？　なにもかも仕組まれていたのか？　そうなのか？　カッと頬が熱くなります。

「で、話の続きは？」

つぎつぎと湧き上がる疑念と不満を抑えて訊ねます。

「続きもなにも。それで終わりよ。ふたりはべつべつの人生を歩みましたとさ。男はどこかの家柄のつりあうお嬢さんと結婚して、子ども生まれて。幸せだったかどうかは知らない」

滝谷の話じゃなかったのか。安堵したような、がっかりしたような、ふしぎな気持ちです。

「女のほうは？」

彼女は、とそこで言葉を切って、滝谷はぼくを見ました。正確にはぼくのいる方向に目を向けているだけで、その目はどこか遠くの誰かを映し出しているようでした。

「もう、とっくに死んでるよ」

ざわりとして、思わず腕をこすりました。この帽子の持ち主がすでに死んでいる？　じゃあ店に来たというその女は、まさか、幽霊？　馬鹿な。

ぼくはよほど怯えた顔をしていたのでしょう。プッと吹き出した滝谷が大きく首を振ります。

「死人が帽子かぶって歩いてるわけないだろ」

「なんなんだよ！　まぎらわしいんだよ！」

あらためて持ち主は誰なのかと問うと、滝谷は肩をすくめます。

「さっき来てたよ、ここに」

「えっ」

「ついでだから、返しといたよ」

見ると、レジカウンターに置かれていたはずの緋色の帽子がありません。なんて勝手なことを！

まだそのへんにいるはずだよという言葉を聞くなり、ぼくは店の外に飛び出しました。二軒隣の精肉店で揚げているコロッケの香りが鼻腔を刺激し、傾いた太陽の光がもろに目に入り、思わずオッフと声が出ました。緋色の帽子の女はどこだ？

なに慌ててんだ、始ちゃん。誰かが声をかけてきますが、今は返事をするどころじゃない。きょろきょろしていると、あざやかな色が視界に飛びこんできました。

「あの人だ！」

緋色の帽子の女はこちらに背を向けています。黒いワンピースに黒い靴。魔女のようなその姿。誰かに似ているような気がしないでもありませんが、とにかく追いかけなければ。いきおいよく駆け出し、いや正確には駆け出そうとして、派手に転びました。違法駐輪の自転車につまさきを引っかけ、つんのめり、曲がってはいけない方向に足首が曲がるのを感じました。顔面をしたたかに打ちつけ、目から火花が散るような痛みと衝撃を感じ、そうしてそのあとのことは、いっさい記憶がありません。

妻

ママ、おひさしぶり。

このところバタバタしてて、来られなかったの。ごめんなさいね。

姑ちゃんは、あのあと病院に運ばれて、顔面打撲と足首の骨折と診断されました。よっぽどくやしかったのか、商店街の違法駐輪許すまじと息巻いています。

それにしても、あたしがあの帽子をかぶって病院に迎えに行った時の、あの顔！　ママに見せたかった！　目を真ん丸に見開いて「……お前だったのか！」だって。

あの帽子、ママにもらって以来よくかぶってたんだけど、あの人今まで、そんなこと気にもとめてなかったのよね。どこのおばあさんが忘れていったのかって言われて、びっくりしすぎて逆にぼーっとしちゃった。

始ちゃん、作家としての観察眼がどうとかよく言うけど、自分の母親や妻が普段どんなかっこうしてるか、ちっとも覚えてないみたい。きっと小説のこと考えてる時はなんにも見えなくなっちゃうのね。まあ、そこがかわいいところでもあるのかな。

あの日は、あの帽子をかぶって店に出てたの。だってママの命日だったからね。椅子の上に置いてたのはただ髪を直したかったからで、そのままそこに翌朝まで置き忘れて、ただそれだけの話なんだけど。始ちゃんがあんなこと言うもんだから、なんとなく腹が立って、ちょっと意地悪してしまったの。

じつはあたし、すこし前に滝谷さんからママの話、ぜんぶ聞いていたんです。始ちゃんよりずっと先にね。始ちゃんの父親とどんなふうに出会ったのか、どんな恋をしたのか、ママは生きているあいだに一度も話してくれなかったよね。

始ちゃんは「物語の材料になるようなできごとなんてそんなに転がってない」ってよく言うけど、人が生まれて死ぬまでには、たくさんのできごとがあるはずでしょう。あたしにもママにも、きっと滝谷さんにも。始ちゃんにもそのことをわかってほしかったんだ。働いてもらわなくちゃ、って言ったの覚えてる？　始ちゃんは小説しか書けない人間なんだから、とにかく書きはじめるしかないじゃないの。

始ちゃんは「小説って、そんな簡単なものじゃない」っていつも言う。でもあたし、小説って始ちゃんが思ってるほど特別でも神聖でもないと思うのよね。他の仕事と同じよ。やる気なんて、自然に湧いてくるのをじっと待ってたってムダよ。動きはじめてようやく湧いてくるものなんじゃないの？

ねえママ。あの世で彼に会えた？　なんて訊くべきかもしれないけど、ごめんなさいね、あたし死後の世界とかまったく信じてないの。生きてるあいだがすべて。だけどね、それはあたしが生きてるかぎり、ママの記憶も生きてるってこと。だからいつもここに来るの。こんなふうにお墓に向かって話しかけてても返事がないってわかってるけど、べつにそれでいいのよ。ここに来ると昔みたいにママと話してる気分になれる。それって最高。

始ちゃんは目下のところ、かなり不自由な生活をおくっています。まだ足が治っていないからね。でも手と頭は無事だったから、原稿はぶじに完成したみたい。怒りが脳を活性化させるとかなんとか言ってものすごい勢いで鉛筆を走らせていました。素直にあたしたちに影響を受けましたって言えばいいのにね。

ねえママ。始ちゃんはこのところずっと始ちゃんではなくなろうとしてた。今まで自分が書いてきたものを否定していた。そんなのだめでしょ？　ぜったいにだめよ。

でもきっと、もう大丈夫ね。そのうち始ちゃんからも、また報告があると思います。あの人がいつもママに長い長い手紙を書いてるの、知ってるんだ。どんなことが書いてある？　あたしのことも書いてあったりするの？　あたしがこんなことを気にするなんて、意外でしょう。あたし、これでも始ちゃんのことすごく愛してるのよ。

再来月には始ちゃんの小説が雑誌に掲載されるみたい。そしたら、またここに来て読んであげる。あたしたちの物語、どんなふうになってるのかな。わからないけど、きっとすてきでしょうね。

ねえ、ママもそう思うでしょう？

ソファーで本を読んでいるうちに、いつのまにか眠りこんでいたらしい。仰向けの胸の上に開きっぱなしの雑誌があった。裏表紙が斜めに折れてしまっている。

すでに廃刊になった雑誌だ。瑠依も何度か寄稿したことがある。この号に掲載されている短編「緋色の帽子の女」が、瑠依が読んだ谷川治の最後の小説だった。

ひさしぶりに読み返した。治を始、愛里須を愛里咲、『文学スナック　真実一路』を『文学スナック　路傍の石』と微妙に名を変えてはいるが、これはほとんど実話だろう。谷川治の小説は私小説的というか、身の回りのことを書いたものが多い。

「でも、小説は小説だ」

天井を向いたまま、声に出して言ってみる。小説は小説だ。事実をそのまま書き記したのならそれは単なる手記だ。だからこの物語は、あの夫婦の真実ではない。ただ、瑠依は実際の彼らを知っている。

「あたし、こんなに口悪くないのに」

瑠依にビールを注ぎながら、愛里須は笑っていた。「緋色の帽子の女」を読んですぐ、感想を伝えるために店を訪れたのだ。

『文学スナック　真実一路』および彼らの住まいは、瑠依のすむエリアと川を挟んで反対側にある。川のこちら側は再開発が進んでいるが、向こう側は古い町並みがそのまま残っており、同じ街でもまるで風景が違う。

谷川治が「そんなことないよ、きみの喋ったことそのまま書いたようなもんだ」と口を挟み、愛里須はカウンターごしに夫の腕を軽くぶった。

「なんでもかんでも書かれちゃうのよ、あたし。この人に」

愛里須があまりにも屈託なく笑うせいで、瑠依は訊けなかった。「なんでもかんでも書かれ」て、あなたは平気なのか？　と。

身体を起こしたら、居間の隅に積んだ段ボール箱が目に入る。数時間前に届いた、谷川治からの荷物だ。なにか腐るようなものが入っていたらいけないと思い、いちおう開封してみた。なかみはすべて原稿らしき紙の束で、いちばん上に「読みたかったら読んでもいいし、読まなくてもいいよ！」と大きく書いた便箋がのっていた。

谷川治は今どきめずらしい手書き派で、ひどい癖字でもある。とてもじゃないが、今は読む気にはなれない。

宅配便の伝票の送り主の欄には、もともと彼らが住んでいた川向こうの町の住所が記されていた。

利根川さんは連絡が取れないと言っていたが、家まで訪ねて行ったわけではないだろう。わけのわからぬ手紙に唐突に送りつけられた荷物、いったいなにを考えているのか。

明日、行ってみようか。いやでも、そろそろ利根川さんから依頼された原稿にとりかかりたい。まだなにも浮かんでいないが、とりあえず簡単なプロットだけでも。

でも川向こうに行くだけだし、散歩のついでにでもできることだし、と逡巡《しゅんじゅん》する瑠依の視界を白いものが横切った。

あ、また。急いで目を向け、そこになにもないことをたしかめようとした。だが今日はいつもと違った。なにかがたしかに、そこにいた。直径十五センチほどの、真っ白な、いかにもやわらかそうな楕円形の身体をしたそれは、よちよちとラグの上を歩いていき、段ボールの手前でぺたりと尻餅をついた。

「モチラ」

名を呼ばれて、モチラはかすかに首を傾げたが、応答はなかった。そもそも喋れるかどうか、そこまで設定してなかったんだよな。反省しながら、同時に自分の目がモチラを見ているという事実にいちじるしく混乱する。

モチラは瑠依がかつて考案し、そして世に生まれることなく消えたキャラクターだった。現実世界に目に見える姿で動き回っているというこの状況は、どう考えてもおかしい。どうか夢であってくれと願う。夢でなければ、自分の頭がおかしくなった、ということになってしまうから。

かつて利根川さんから「子ども向けの本を」と打診された時、絵本や児童書になじみのなかった瑠依はしばらく悩んで、谷川治に相談した。

「迷うなら引き受けるべきではないよ」

顔をしかめる谷川治とは対照的に、愛里須は「やってみなよ」「手伝ってあげる」と大はしゃぎだった。

「手伝うって、きみは絵本なんか読んだこともないだろ」

愛里須は夫の言葉を無視して、いそいそとチラシの裏に珍妙な絵を描きはじめた。

「食べもののキャラクターにしようよ」

「どうして？」

「子ども、そういうの好きでしょ。顔があんパンでできてるとかさ」

そうして生まれたのがモチラだった。お餅の妖精で、感情が昂るとプゥッとふくれる。これはいけるよ、いけるね、と酒の酔いも手伝っておおいに盛り上がり、その晩のうちにかんたんなあらすじまでできあがった。台所の片隅でひっそりと、しかし楽しく暮らしていたモチラは、ある日親友のキナコンヌ嬢が行方不明になり、彼女を探すために汁椀に乗って旅に出る、というようなものだったと思う。

「子ども向けの本なら、きっと母も文句を言わない」

さんざんに酔って本音が漏れ出た。谷川治や愛里須がどんな反応をしたのか、それとも無反応だったのかは忘れてしまったけれども。

でも、うまく書けなかった。普段の小説より分量はずっと少ないのになかなか筆が進まず、それでもなんとか最後の場面まで書いたが、読み返してすぐにこれはダメだ、とわかった。文章がオドオドしている。縮こまっている。他人の、というか母の顔色を窺《うかが》いながら書いたからだ。

「やっぱり書けません。ごめんなさい」

利根川さんにそう連絡して、モチラの物語は瑠依の中から消えた、はずだった。

「そのモチラが目に見える姿で現れた。ねえ、これってどういうことだと思う？」

溜まった書類を受け取りにやってきた由良子《ゆらこ》に、瑠依は必死で訴えかける。

世間の人は由良子を、瑠依の秘書と呼ぶ。スケジュール管理や各種手続きの代行、経理処理などありとあらゆることを瑠依のかわりにおこなってくれているので間違いはないのだが、本人は「ちょっとしたバイト」だと周囲に話しているらしい。

知人の紹介でここに来た頃は無職だった。もとは有名企業の秘書課にいたという。すぐに再就職先を見つけるだろうと思っていたし、本人にもいつでもそうしてくれて構わないと伝えているのだが、数年経った今も「ちょっとしたバイト」の立場に甘んじている。

年齢は瑠依よりひとつ上で、一度結婚したが今は独身だと聞いている。それが瑠依が知る彼女のすべてで、ほかのことはなにもわからない。

由良子は瑠依がテーブルに放置していた郵便物をひとつひとつ確かめながら「毘小路さん」と静かに言った。

「あなた、疲れてるんですよ。前にも連載四本抱えてた頃に、レンコンみたいに穴がいっぱい開いてる顔の男が泥のかたまりをちぎっては投げ、ちぎっては投げる夢を見たとかなんとか気持ち悪いことを言っていたでしょう」

「今回のは夢じゃないの、この目で見たから」

「夢じゃないなら、なおさら問題です」

由良子はタブレットを開いてなにやら確認すると「すこし休みましょう」と言った。

「でも」

「今は急ぎの仕事もないですし」

由良子の言う通りだった。長編を書き上げたことによる疲れを理由に、利根川さんとの連載の仕事以外はすべて締め切りを延期してもらっていた。

「でも」

「私、あの時みたいなあなた、もう見たくないです」

あの時、とは件《くだん》のレンコン男の夢を見た頃のことだった。小説に入りこみ過ぎて、現実との区別がつかなくなった。買いものをしていても外で食事をしていても意識は小説の世界にあって、だから目の前で誰かが喋っていても、なにを言っているのか理解できない、ということがよくあった。感情のコントロールができなくなって、マンションのインターホンのモニターを叩き割った。

最終的に執筆中にトイレに立とうとして、そのまま気絶した。由良子曰く「信じられないぐらい晴れやかな笑顔のまま」白目を剝いて倒れていたと言う。最高に幸せな場面を書いていたところだったせいだと思う。

「なにも書いてはいけません。一行たりとも、いいですね、一行たりとも書いちゃいけません。私も休みをいただきます。呼ばれても来ませんからね」

それだけ言うと、由良子はさっさと帰ってしまった。

ひとり残された瑠依は突然訪れた休日に戸惑いながら、朝食の用意をする。主食は玄米、海藻やきのこ類を多めに摂《と》ること、飲酒は週に二度まで、などの食事のさまざまなルールを定めたのも由良子で「健康管理も仕事のうちです」とのことだった。

スマートフォンが短く鳴り、由良子かと思って見たら、母からのメッセージだった。母は基本的に長文のメッセージを送ってくるし、やたらと改行をするのでとても読みづらい。「仕事もいいけど」という言葉が目に入り、また結婚しろとかそんな話かとうんざりしながら画面を伏せた。ただでさえ味気ない食事がまずくなる。

もそもそと玄米を食《は》みながら、瑠依は「谷川治の家に行こう」とあらためて思った。行けば案外「やあ」なんて言って、なにごともなかったように出迎えてくれそうな気がする。

勝《かつ》山《やま》克子《かっこ》の話

ね、ちょっとあなた。あなた、ほらーあの、あの人じゃない？　見たことある！　テレビで見たことあるのよ、ああもう、喉のこのあたりまで出かかってんだけど、名前。タレントでしょう、あなた……違う？　あ、わかった。ルミさま。なんとか院ルミさまだ。あ、ルイ？　あー、毘小路ルイさま。そうかそうか、ごめんね、あたし人の名前おぼえるの苦手で。でもいい線いってたでしょ？　そうでもない？　そんなことよりあなた、あなた、やっぱりオーラが違うね。輝いてるもんなんだねえ、売れっ子作家っていうのはさ。売れっ子じゃない？　まー、テレビに出てるんだから売れっ子に決まってるじゃないの、謙遜しないで！

ふだんからそういう……ステージ衣装みたいな服を着てるの？　その胸元のフリル、どうなってるの？　はあ。はあ、なるほど、複雑な縫製ねえ、お高いんでしょうね、そういうお洋服はね。いえいえ、あたしなんかはほら、店に出なきゃいけないから。シンプルイズベストってやつ。こういうね、飾りけのない服じゃないと、年がら年中。だけど人がきれいなかっこうをしてるのを見るのは大好きなのよ。いいわねえ、あなたスラッとしてるし、すごく似合ってて、王子様みたいよ。ほれぼれしちゃう。とっても素敵よ。

あたしの店？　なんの店かって？　ほら、あそこ。『まるかつ精肉店』って看板があるでしょう。あれ、あたしのお店。二十二歳で嫁いできたの。店主は旦那、土地建物の名義も旦那、だけどとりしきってるのはあたしよ。ほんと男ってのはえらそうにしてるわりには女がいなきゃ、なにひとつできやしないんだからね。

あたしの名前？　なんだか照れちゃうね。ずっとまるかつの奥さんって呼ばれてきたから。勝山克子っていいます。カツヤマカツコ、略して「カツカツ」、なんだか一生お金で苦労しそうな名前だよね。あたしの旧姓「白鳥」っていうのよ、かっこいいでしょう。旦那が名字を変えてくれたらよかったのにねえ？　まったくねえ？

あたしの話はいいのよ。売れっ子作家さまが、こんなところでなにをしてるのかってことを訊きたいの。

この店になにか用？　さっきから裏手にまわったり、郵便受けをのぞきこんだり、なにをしていたのよ。ええそう、ずっと見てたけど。

探偵みたいですねって……照れちゃう。あたし、そんなにシャーロック・ホームズみたいだった？　えっどちらかと言えばミス・マープル？　誰それ、あなたのお友だち？

いやね、ずっと気になってたのよ、この家のことは。愛里須ちゃんが出ていってしまって、しばらくしたら治ちゃんの姿が見えなくなって。ずっと心配してたのよ。あの子、奥さんに逃げられたショックでバカなことしでかしちゃいないだろうかってね。

そうね、治ちゃんは三十過ぎてる立派なおじさんよね。でも小さい時から知ってるからね。いまだに「あの子」なわけよ、あたしにとってはね。あたしだけじゃない、ほらここ、この古着屋の滝山《たきやま》さんだってきっとそうよ。

あなたは治ちゃんの……あら、そうなの？　お友だち？　作家仲間ってわけ？　まあー、知らなかった！　そんなに仲が良かったの？　あらまぁー、ちっとも知らなかった、ええ、ちっともよ。

で、ここへはなにしに？　治ちゃんから預かった荷物。あらそう、なかみは？　内緒？気になるわあ。まあでも、とりあえず、あの子元気でいるのね。へえ……でもまあ、よかった。それを聞いて安心した。元気ならいいの。いいのよ、うん。

なんせ頼りない子だからね。治ちゃんのお母さん、ゆかりさんのことは知ってるかな。あ、知らない？　あの人も心配でおちおち死んでられないんじゃないかね。

ここね、入ったことある？　『文学スナック　真実一路』っていう、本ばっかり置いてある、そりゃあへんな店だったのよね。ああそう、愛里須ちゃんが出ていく一か月ぐらい前から「閉店」のはり紙がしてあってねえ。

客はそこにある本を自由に読んでいいし、持ちこんだ本を置いていくこともあったって聞いてるけど。うん、あたしは客として行ったことはなかったね。だって本なんて辛気臭くって……あらごめんなさい。小説家の先生にそんなこと言っちゃだめよね。

あたしは嫁いできた頃、ゆかりさんはどうしてこんなへんな店を開いたんだろうってふしぎに思ってた。ああ、客として行ったことはないけどね、配達には来てたから。

そうよ、うちからお肉を仕入れてくれていたのよ。ゆかりさんは料理がじょうずでね。お店でもいろいろ出してたみたい。本も読まないしお酒も飲まないのに、ゆかりさんの料理目当てで通っている人もいたのよね。

ゆかりさんは今で言うシングルマザーというやつでね。父親の名前は誰に訊かれても、ぜったいに口にしなかった。だけどね、だけどあなた、有名な話よ。このあたりの人ならみんな知ってる。

豪徳寺《ごうとくじ》公徳《きみのり》っていたでしょう。もうずっと前に死んじゃったけど。作家なら当然ご存じよね？　歴史作家の。そう、あのいつも和服着ててインスタントコーヒーのＣＭなんかに出てたわねえ、気取っちゃってさ。違いのわかる男、なんつってねえ。

そうよ、この町の出身なの。あの人がゆかりさんと昔……ね。そうよ、びっくりした？　結婚はしなかったの。豪徳寺の家はものすごいお金持ちだし、家柄がつりあわないとかなんとかでね。

そう、そのとおり。つまり治ちゃんは、あの豪徳寺公徳の息子ってわけ。だって顔、そっくりでしょ。若い頃はそうでもなかったんだけどねえ、どんどん似てきた。どれ、あたしのこれで……ほら、出てきた。便利なもんだよねえこの、スマホってやつは。これが豪徳寺公徳。やだ！　この画像なんかほら、もう治ちゃん本人かって思うぐらい似てるじゃない。

認知はしてないみたいね。治ちゃんがそれを知っていたかどうかは……ごめんなさい、わからない。このあたりじゃ有名な話だけど、あの子はほとんど家を出ないし、あまり人づきあいのいいほうじゃなかったからね。だからびっくりしたのよ、さっき。あなたが治ちゃんとお友だちだって聞いて。

要するにね、ゆかりさんは、あの本だらけの店で、ずっと次郎を待っていたんだと思う。あらごめんなさい次郎っていうのは本名。豪徳寺次郎ね、公徳ってのはペンネーム。たいそうな名前をつけたもんだよねえ、公徳だってさ。

あたしも会ったことはないのよ、豪徳寺次郎公徳。なんだか戦国武将みたいね。会ったことはないけど、歴史小説の大家だもの、インテリに決まってる。ゆかりさん、インテリ好みだったんだね。

あの店をやっていれば、きっといつか、訪ねてきてくれると思ったんじゃないのかな。なんて、いじらしい女心なんだろ。ゆかりさん、けなげだよね。ひとりで子ども育てて、一途にひとりの男を愛してさ。

いいお母さんでもあったよね。治ちゃんの本が出た時も、そりゃあもう喜んでね。そうね。愛里須ちゃんは、ゆかりさんとはちょっとタイプが違う子だよね。

誤解しないでちょうだいね、あたしはふたりとも好きなのよ。

愛里須ちゃん、潔くてかっこいいと思う。治ちゃんは悪い子じゃないけど亭主としては、ねえ。はっきり言って、甲斐性なしだもん。

気持ちわかるわ。あたしだって、何度家を出ようとしたかわからない。あたしの旦那もね、悪い人じゃないのよ。そりゃ根っからの悪人なんてそんなにいやしないんだからさ。でもねえ、なんて頼りない人なんだろって、これまでに何度思ったかわかりゃしない。

男女平等だなんだと言ったって、やっぱり女ってのは頼りがいのある男と一緒にいるのがいっちばん幸せだって思うのよ。

愛里須ちゃんは、治ちゃんを見限ったのよ。

実を言うとね、あたし見たのよ。愛里須ちゃんが出ていくところ。大きなリュックサックを背負って、ここの、そうちょうどこの玄関のドアから出てきたのよ。なんだかえらくさっぱりした顔をしてたね。治ちゃんは「待ってくれ」「もうすこしだけ待ってくれ」なんて泣きながら追いすがってたけど、愛里須ちゃんは「もう決めたことだから」って、きっぱり言い切って、すたすた歩いていっちゃった。

もともと、ふらっとあらわれてそのままこの店に居ついちゃったような子だしね。町を出ていくのは、自然なことなのかもしれない。ああ、そのあたりの経緯は愛里須ちゃんが書いた町内会の会報誌を読めばわかるかも。

何か月か前のに、愛里須ちゃんの書いたものが載ってたの。自治会長が「町の人向けに料理のレシピを」って依頼したらしいんだけどね。いやレシピはレシピなんだけどね、長いのよ。料理に関係ないことが延々と書いてあって、意味わかんないの。みんな困惑してたわね。

今持ってるかって？　ああ、ないわねえ、あたしは読んだらすぐ古紙回収に出しちゃうからなあ。

そうだ、あの人なら持ってると思う。駅前に書店があるでしょう。あの書店の店長、しおりさんっていうんだけね、あの人は会報誌を毎回ファイルに綴じて保管してるって言ってた。いやどうしてかは知らない。そういう性分なんじゃないの？

おや、また日が出てきたね。いつまでたっても暑くてイヤんなるね！　気をつけて行ってらっしゃい！

金剛《こんごう》しおりの話

いらっしゃいませ。匙小路ルイ先生ですよね。まさかお会いできるなんて。ほんとうにびっくりしました。あの、あとで本にサイン入れていただいてもいいですか？　え、色紙とかは……いいんですか？　うれしい！　ありがとうございます。治さん、匙小路ルイ先生とお知り合いだったなんて、ちっとも教えてくれないんですもの。

はい。会報誌ですよね。さっきまるかつの奥さんからお電話いただいて、話はだいたい把握しました。でもね、ごめんなさい。見当たらないんです。愛里須さんの……ええ、あれね。レシピって書いてあったけど、ほぼエッセイでしたよ。会報誌っていつもはペラペラの紙一枚なのに、その月だけいきなり小冊子みたいなのが届いたから、ほんとうにびっくりしたんです。

どこに行ったんでしょう。いえ、家にかならずあるはずなんですよ。探しておきます。見つけたら連絡……あ、お名刺……頂戴いたします。ここにご連絡すればよろしいんですね。はい、承知いたしました。

会報誌の、そのエッセイの感想ですか。おもしろかったですよ、なかなか。作家って妻にも文才のある人を選ぶんでしょうか。あるいは文才がうつる、とか？　ええ、そうですよね。そんな菌やウイルスのように言ってはいけませんよね。

才能で書くわけじゃない、ですか。あら、じゃあ先生が小説を書けていらっしゃるのはたゆまぬ努力のおかげであると？　それも違うと。運が良かっただけ、なんて言わないでくださいね。謙遜も度を超すと嫌味ですよ。

誰もが先生と同じ努力を、いいえ先生以上に努力をしたところで、先生のように素晴らしい作品が書けるわけではないでしょう？　才能に溢れたかたにかぎって、ご自身には才能がないということにしたがるのですよね。やはり、妬《ねた》まれるからですか？　いいえ、いいんですよ。なにもおっしゃらないで。大変ですよね。作家の先生にはいろいろ、わたしたちには想像もつかないような大変なことがたくさんあるのでしょうから。

匙小路先生、どうぞお座りになってください。狭い店で申し訳ないんですが……こっちの椅子のほうがいいかな、クッションが厚いし。いえいえ、ほんとうにお店のことはどうかお気になさらず。平日のこの時間帯は、ほとんどお客さんなんか来ません。

まあ、うれしい。匙小路先生みたいな有名な作家に「いい書店」だなんて言われたら、まいあがってしまいます。

ご実家の近くのお店に似てますか？　先生はやはり子どもの頃から読書家でいらしたんでしょうね。ええ、ええ？　ああ、漫画もお好きだったんですね。わたしもです。少ないお小遣いをやりくりして、少女漫画の雑誌を買っていました。お友だちとべつべつの雑誌を買って、読み終わったら交換するんです。どちらも買うことはできませんからね。ふろくなんかも大事にとっておいて……全プレって覚えてますか？　応募者全員プレゼント。わたし、かならず応募していたんですよ。いちばん好きだったのはペンダント、あのね、「星のかけら」っていう……あら、なんのお話でしたっけ、ああそう、愛里須さんの。レシピね、ええはい。

わたしはおもしろく読みましたよ。もちろん、こんなこと書いてだいじょうぶなの？　と心配にはなりましたけれども。

わたしとあのご夫婦は仲が良かったわけではありません。町内会と、それから商店街組合なんかで会いますし、もちろん会えば話はしますけれども。

ええ、そうです、ここの店長の金剛しおりと申します。結婚はしていません。父がはじめた書店を継ぎました。もう二十年も前のことです。結婚の意思は最初からありませんでした。もともと本を読むのが好きで、本さえあればなにもいらなくて……。それに、自分が家庭を持つというのがうまくイメージできなくて。

ごらんのとおり、儲からない店です。でも「売れる」とか「儲かる」とか、そんなことばかり追い求めていると、大切なことを見失ってしまいます。素晴らしい小説がかならず「売れる」とはかぎらない、でも「売れなかった」というだけでまるで価値のないもののようにあつかわれてしまう……匙小路先生ならわかるでしょう？　本のほんとうの価値は、そんなことでは決まりません。

わたし、町の人たちの治さんにたいする態度は、ちょっとないんじゃないかなぁと以前から思っていました。売れない作家、売れない作家、って、治さんの作品を読んだこともない連中がみんなして治さんを小馬鹿にして笑うんですもの。

ええ、わたしは治さん、いえやっぱり谷川先生とお呼びしましょうか？　そうですよね、ご近所さんである以前に作家ですものね。先生のことは、すぐれたものをお書きになる作家だと思っていました。まあ、わたしの主観ですけれども。でも小説って、そういうものでしょう？　主観で判断するしかない。技術点が何点、構成点が何点、なんて評価できるものじゃない。

これは書店主である以前に、そしてご近所という立場以前に、いち読者としての感想です。谷川治先生の作品には時折、胸をえぐるようなひたむきさがありました。自意識過剰が生み出すこっけいさと、それを自分自身で俯瞰しているような冷徹さと……ごめんなさい、つい熱くなってしまいました。そうですか、わかっていただけますか。匙小路先生もそう思われますか？　うれしい！

あら、先生という呼びかたは、あまりお好きではない？　じゃあ、匙小路さんとお呼びします。

それでね、彼の作品を熱心に読んできたわたしとしては、治さんがただ作家として「売れていない」という事実、ええ歴然たる事実ですよね、とにかくその売れていないということを理由に治さんを軽んじる町の人びとに、おおいに不満があるわけです。

まるかつの奥さんもそうです。奥さんに逃げられて当然、だなんて、あちこちで言ってまわってるの、わたし知ってます。違うんですよ、逆なんです。治さんが、愛里須さんに見切りをつけたのです。

もちろん、ええもちろん、愛里須さんのことは愛していらしたと思います。彼女の存在によって創作意欲を掻き立てられた、そんな時期もたしかにあったのでしょう。だって、とってもユニークな女性ですからね。

でも、永遠に続くものなどありません。愛とは変容していくもの、そうではありませんか？

わたしが憶測《おくそく》で喋っているとお思いですか。ひまを持て余した独身女の妄想だと？　いいえわたしはこの目でしかと見たのです。治さんが彼女に「どこにでも、きみの好きなところに行くといい」と言い放つところを。

この店の向かいにある喫茶まーがれっとで、あの日、わたしはそこで朝食をとっていました。火曜の習慣なんです、あの店でモーニングを食べるのがね。奥のテーブルに治さんが座っているのが見えました。会釈はしましたが、話はしませんでした。なにか小説のアイデアでも練っているのかな、と思ったから、邪魔はしたくなくて。

しばらくして、愛里須さんが入ってきたんです。あとから聞いた話ですが、その時すでに愛里須さんは家を出ていたようです。まるかつの奥さんが、家を出ていく愛里須さんを見たという日から計算すると、わたしが喫茶まーがれっとでふたりを見たのはそのちょうど十日後ということになります。

違いますよ、違います。けっして盗み聞きしていたわけではないんです。ただ席がけっこう近かったし、せまい店ですから、自然と会話が聞こえてきて……ええ、おっしゃる通り、わたしはゴシップの類《たぐい》は好きではありません。盗み聞きなんてはしたないこと、するわけがないでしょう。

まるかつの奥さんは、治さんが愛里須さんに追いすがっていた、なんて言っていたけど、そんなの嘘です。嘘に決まっています。すくなくともわたしの目には、治さんは、愛里須さんにたいしてひどく怒っているように見えました。

「どこにでも好きなところに行けばいいんだ。きみはきみの好きにしろ」

そう言っていたんです。とても呆れているように見えました。そこから先は、とぎれとぎれにしか聞こえませんでしたが「きみと一緒にいるとぼくは……」とか、「もっと、よい小説を……」とか、そんなふうなことを言っていました。愛里須さんの返事はよく聞こえませんでしたけど、なんだかヘラヘラしているように感じられました。

わたしは結婚していないので、夫婦のことはよくわかりません。ただ、あれは夫婦としてのどうこうというより、ひとりの小説家としての決断、意思表明だったように思います。治さんはきっと、これ以上愛里須さんと一緒にいると小説が書けない、だから離れよう。そう決意されたのに違いないのです。

よりよい小説を書くために、治さんのほうから別れを選んだんです。

治さんは、谷川治は、みんなが言うような情けない男じゃありません。むしろ小説のためならなんでもするような、非情な人だとわたしは思っています。

非情。ほめ言葉ですよ。小説家は当然にそうあるべきなのです。作品のためならすべてを犠牲にする覚悟がなければ、わたしたち読者に失礼です。

そうでしょう？　どんなに本をたくさん読んできても、物語を愛していても、誰もが小説を書けるわけではない。あなたたちのその能力は、神さまからのギフトなのです。そのギフトを受け取った者は身を挺《てい》してわたしたち読者に尽くさなければならない。全力でわたしたちを楽しませなければならないのですよ。

匙小路さんになら、きっとわかっていただけると信じています。

あんた匙小路ルイさんじゃないの、と声をかけられたのは、瑠依が立て続けに近所の人からの話を聞かされた後、ふらふらと橋に向かって歩いていた時だった。

「だいじょうぶ？　顔色が悪いけど」

「ええ、あの、はい。いいえ」

「どっち？」

瑠依に声をかけてきたのは見たところ五十代後半、小柄な体に、赤いシャツに白いパンツをまとった男性だった。パンツの側面には星のスタッズがいくつもついていた。若作りというのも違う、なにか強烈なこだわりのようなものが感じられた。

どこかで会ったことがあるが思い出せない。

「滝山といいます。『真実一路』で、何度か会いました」

古着屋の滝山。「緋色の帽子の女」では、滝谷という名で登場していた。

あらためまして、と財布から引っぱり出した名刺を渡される。『コメット　滝山甲介《こうすけ》』と書かれていた。

「谷川くんの短編に出てくるんです、『コメット』の滝谷さんという人が」

「ああ、あれね、あれはね」

滝山は「小説に書くって言われてね、あえて店だけは実際の名前にしてもらったの。宣伝になるかと思って」と言い、その合間にうふふと口もとに手を添えて笑った。

そういうものか。本人がそう思っているのだから、まあそういうことでいいのだろう。谷川治の小説にそこまで宣伝効果があるとは思えないが。

「実は谷川くんを訪ねてきたのですが……今、連絡がとれなくて」

「そうなんだよね、いなくなっちゃった」

滝山はわずかに眉を下げた。

「お店、閉まってましたね」

勝山克子と金剛しおりに話を聞いたことを話すと、滝山は「へえん」と疑わしげに目を細め、またさらに声をひそめて「だめだよ、真に受けちゃ」と言った。

「どうしてですか?」

「当てにならないから。べつに、あのふたりが嘘つきってわけじゃないよ。ただささ、なんにも知らないだろう、あの人たち。治ちゃんや愛里須ちゃんと仲が良かったわけじゃないんだから」

話しているうちに、滝山の頬や鼻がしだいに赤みを帯びてきた。

「ね、なにを話したんだい？　あの人たちは、あんたに」

「なにを、と言われましても」

滝山は「聞かせてよ、内容によっちゃあ、おれも黙ってないよ」と息巻いている。瑠依は落ちついてください、と彼を宥《なだ》めつつ、『喫茶まーがれっと』に誘った。

紅茶を飲みながら、彼女たちの話を要約して聞かせた。滝山はいちいち赤くなったり、はあっ？　とか、ええ？　とか声を裏返らせたりしながら聞いていたが、瑠依が話し終えると、身を乗り出して「あのねえ、ぜんぜん違うよ」と首を左右に大きく振った。

滝山甲介の話

彼らが離れたのはね、ふたり自身が納得して出した答えだと、おれは思うよ。というより治ちゃんと愛里須ちゃん、それぞれから聞いた話を総合すると、そうなるんだ。

ふたりはきっと、それぞれの道を行くことに決めたんだ。小説の道のことは、おれよりあんたのほうがよくわかるだろう。きっと、苦しくてけわしい道なんだろうね。創作ってのはさ。

もっとも愛里須ちゃんが選んだ道だって、楽じゃない。あの子は創作活動をしない、商売人だからね。商売と創作は、どっちが上だとか下だとか言うようなもんじゃない。どっちも必要だ、そうだろ？

男のスポーツ選手だとか、俳優だとかが結婚するとするだろう。相手は「一般女性」と発表される。いろんなやつが祝福するわな、おめでとう、おめでとう、なんて、エスエヌエスってやつで。知ってるよ、それぐらい、おれだってやってるんだよ。自分のアカウントってやつをもってるんだから。店の宣伝のためだけどね。

そういう祝福のなかに「今後、奥さんはしっかり彼をサポートしてあげて」なんて言葉が混じってる。おかしな話だと思わないか？　結婚っていうのは、サポート要員を手に入れるための手段なのかね、違うだろうよ。

あんた、ゆかりさんには会ったことあるかな。ないか、そうか。治の母親だよ。ただ、ゆかりさんもあんたの本を読んだことがあると思うよ。

いや。いや、違うよそれは。違う違う。

豪徳寺次郎を待つために、あの店をやってただって？　まさか！　まさかまさか！　馬鹿言うんじゃない！　いいか、おれはね、ゆかりさん本人からちゃーんと聞いたんだ。どうしてあの店には本がたくさんあるのかっていう理由を、ちゃーんと教えてもらったんだよ。

ゆかりさん、「あたしは昔、自分をすごく頭が悪い娘だと思ってたの」と言っていたよ。よく「中学校中退だから」なんて恥ずかしそうに笑っていたっけ。そう、一年の途中からほとんど学校に行かなくなっちゃったらしくてね。ろくに勉強ってものをしたことがなくって、そのことにひけめを感じていたから、いつも頭のいい男の人を好きになってしまうんだそうだ。

「でもね、気づいたのよ滝山さん。いくら頭のいい男の人とつきあったところであたしの頭がよくなるわけじゃないのよ。それでね、自分なりの勉強をしようって、たくさんたくさん本を読んだ。ありとあらゆる本を」

こんなふうなことを言っていたよ、細部は違っているかもしれないけどさ。

ゆかりさん、最初はなにを読んでもチンプンカンプンだったんだってさ。何度も投げ出しそうになったって、わかるよその気持ち。難しい本ってのは、まず使ってる言葉が難しいもんね。かと思うと、簡単な言葉を使ってるのに、なんの話をしてんだかさっぱりわからない本てのもある。ゆかりさんはでも、本に書いてあることを、咀嚼なんて一切せずに、どんどん丸飲みしていったんだって。

そうしてある日、きんぴらごぼうだかなんだかをつくってる時にね、急にばばばっと繋がったんだってさ、頭の中で。それまで読んだことと、世の中のあれやこれやがさ。そうして菜箸を持ったまま外に走り出たらば、世界がそれまでとまったく違って見えたんだと。今まで見えていなかったものまで、ものすごくクリアに、あざやかに、ひろびろと、すみずみまで、見渡せたんだって。

「あたしね、本ってドアなんだと思ったの。自分が今いる場所と違う世界に繋がってるドア。本の数だけ世界があって、誰かが開けてくれるのを何日だって、何十年だって待っていてくれるのよ。うちの店に来るお客さんたちは、本なんて読みやしない。でもね、それでもいいの。あたしはここに、たくさんのドアを用意する。いつか誰かが、そのドアを開けるかもしれない。なんて、想像したら最高にわくわくする」

そんなことを言う人が、いつまでたっても会いにこない男を待っていたなんてそんなわけないよ。おれはね、そんなわけないと思うよ。

そう思いたいんだよ。だって、つまらないじゃないか、そんなの。おれが知っているゆかりさんは、つまらない人なんかじゃなかった。

とにかくね、なにが言いたいのかというとだね、誰かのための人生はつまらないだろって こと。ゆかりさんはゆかりさんのために生きていた。

愛里須ちゃんには愛里須ちゃんの、治には治の人生がある。

互いを思い合っているからこそ、あのふたりは別れを選んだんだ。それってとってもでっかい愛だよな。あんたもそう思わないか？

「繰り返すけど、まるかつの奥さんや金剛さんが嘘をついてるって言いたいわけじゃないんだ」

「わかりますよ」

瑠依も、あのふたりが嘘をついているようには感じられなかった。たしかに自分の目で見て、自分の耳で聞いたことを記憶し、正直に話してくれたのだろう。ついでに言えば、滝山も。

人間の脳は、記憶を正確なデータとして保存する装置ではない。見聞きした事実を解釈し、補完する。それを思い起こす際に、記憶の再構築がなされる。その過程で辻褄《つじつま》を合わせ、意味を持たせ、全体の構成を整える。それは物語る行為そのものだ。つまり人は誰しも、日常的に物語を紡いでいるということになる。

物語にはその人の価値観が滲《にじ》み出る。倫理観のフィルターを通し、願望のヴェールがかぶせられる。もしかしたら瑠依の知る谷川夫妻の姿も理想の投影に過ぎない可能性がある。

「人間は物語る生きものですからね、たとえ小説家でなくても」

瑠依が言うと、滝山は感心したように目を細めた。

「あんたらは、まるで文章を朗読するみたいに喋るんだねえ。そうか、主観か。だから人の話ってのは、よけいな尾ひれがついちゃうんだろうか」

「小説というのは、もしかしたらそれ自体が、巨大な尾ひれなのかもしれません」

自分で考えたお話を書いている、なんていうのは思いこみで、ほとんどの小説は現実のできごとの、あるいは他人の創作のツギハギ、焼き直しに過ぎないのかもしれない。

小説家はそれぞれ、せめて自分オリジナルの尾ひれをつけようと苦心する。ある人はそれを文体と呼び、ある人は作家性と呼ぶ。

「そんなことはないと思うけど、だとしたらあんたたちはとんでもなく美しい尾ひれをつくりだす仕事をしているんだね」

そうだろうか。瑠依は自分の手を見つめながら、気分が沈んでいくのを感じる。

瑠依ちゃん、これってママのこと？　どうしてこんなことを書くの？　もしかして、あの時ほんとうは嫌だったの？　だったらその時に言ってくれたらいいのに。こんな、わざわざ小説に書いて世間に広めるなんて、意地の悪いことをしないでちょうだい。

ある短編の主人公と母親の会話に、十代の瑠依と母が交わした会話を取り入れたことがあった。そのまますべてではないし、表現も変えた。母をモデルにしたわけではなかったし、主人公イコール瑠依でもない。それぐらいわかってくれていると思っていた。だが母は以来、なにか話すたびに「ねえ、これも書くの？」と意地悪く問うようになった。

「あまり、気分のいいものじゃないでしょう？」

滝山は椅子の上で上半身を左右に揺らしながら「そうだねえ」、「どうだろうねえ」、「そうなのかなあ」と、それぞれ二回ずつ口にした。

瑠依の隣で、モチラが滝山を真似て左右に揺れている。今は出てこないで、と思う。せめて家の中だけにして。

「おれはね、じつは、治ちゃんにきれいな尾ひれをプレゼントしてもらったことがあるんだ」

「それは、小説ですか？」

「もちろん。読んでみたいと思う？」

滝山はまだ左右に揺れている。まるでメトロノームだ、と思いながら、瑠依は「ええ、ぜひ」と頷いた。

令嬢ルミエラ

滝谷は憤慨した。まず困惑して動揺して最終的に憤慨した。必ず、かの無神経な自治会長に抗議せねばならぬと決意した。滝谷には自治会のことはよくわからぬ。滝谷はみずからが経営する衣料品店『コメット』で、古着を売って暮らしている。けれども無礼にたいしては、人一倍に敏感であった。

滝谷は昨年の四月に町内の自治会役員となった。月に一度自治会館に集まり、町内のことをああだこうだと話し合う。八月には夏祭り、秋には防災訓練、年の瀬には「火の用心」と叫びながら町内を練り歩く。そんなことはしたくなかったが、年々住民が減ってきて、他にやってくれる人がいないのだとなかば泣き落としのように説得され、しぶしぶ役員になった。

自治会を頂点として、女性だけで活動する女性部、小学生の保護者で構成される子ども会などの組織がある。おもな特徴は、いずれも会議が多いということ。

　その日も緊急の会議があると呼び出されて自治会館に出向いたところ、他の役員は誰もきていなかった。自治会長と、見たことのないひとりの女性が長テーブルの端と端に座っているきりだった。会議は中止になったという。

　そういうことならと踵《きびす》を返しかけた滝谷の腕を自治会長はぐいぐい引っぱり、まあまああんたここにお座りなさいよと女性の隣の椅子を引いて腰掛けさせた。そうして「滝谷さん、この人は秋永《あきなが》さん、秋永与志子《よしこ》さん、高校で日本史を教えてるんだって先生ですよ先生インテリですねえ。秋永さんは女性部の役員なんですよ、お母さんが亡くなられて、その後釜でね。秋永さん、こちら滝谷乙彦《おとひこ》さん。あんたよりひとつ年上の五十二歳。見ようによっちゃあいい男でしょう。コメットって店知ってる？　ああ知らない、ああそう、古着屋ですよ、独り者でねえ、人柄は保証しますよ、じゃああとはお若いかた同士で、若くもないか！　ダハハまあとにかくあとはふたりで」と一方的に喋り倒して出ていってしまい、あとには初対面のふたりが残された。

　困惑した滝谷は、秋永某を見やる。眉のきりりとした、頬骨の高い、喪服みたいな黒いスーツを着た秋永は、さきほどからしきりにハンカチで額の汗を押さえている。おそらく、自分の置かれた状況を理解していない。

「これはいったい、どういうことですか」

秋永は困惑しきった顔を滝谷に向ける。どういうことかというと、こういうことだ。

「これはね、お見合いですよ。秋永さん」

単身世帯のさびしき者に配偶者を見つけてやらねばならぬ、と張り切る者は多い。職場、カルチャースクール、飲食店、いたるところにひそんでいる。その場にいる単身世帯を見つけ出しては「ちょうどよい、あんたら結婚しなさい」とやらかす。売れ残りの商品を福袋につめこむがごとき無造作さで、男と女を結びつけようとする。滝谷はこれまでに何べんも何べんも何べんも何べんもそんな目にあってきた。

「まっ」

秋永はきゅっと眉をつりあげ、ばたばたと出ていった。入れ替わりに自治会長が入ってきて「あんた、なにしたのさ！」と叫ぶ。

「なにもしちゃいませんよ」

「なにもしないのに、どうして飛び出して行っちゃうの」

どうせ秋永にも「緊急の会議がある」と嘘をついて呼び出したのだろう。考えれば考えるほど腹立たしく、「あなたね！　こんな人をだますようなことをして、恥ずかしいと思わないんですかっ！」と額に青筋を立て、滝谷は自治会館を後にしたのだった。

「それは大変だったね」

笑い声とともにフルートグラスに注がれるビールを、滝谷はけだるく肘をついた姿勢で眺める。

「なんだか、ちょっと痩せたみたい」

「会長にたいする怒りで二千キロカロリーぐらい消費した気がするけど、それだけで痩せないと思うよ」

滝谷はもとより痩せ型だが、痩せても太っても「奥さんがいないから」と言われて弱っている。

『コメット』の隣には『文学スナック　路傍の石』という店がある。滝谷はこの店の常連であった。店主の名は愛里咲という。小柄で丸顔のかわいらしい女だ。顔はかわいいが声と態度はでかい。今しがたまでカウンターにいた客に「爪を切りなさいよ」と口出ししていた。あんた日頃からもてないもてないって言うけどねえ、普段から爪をきれいに整えておく、そういうことがだいじなの、清潔感よ清潔感、などとも。客はそうっすかねえ、などと肩をすくめていた。

「ほんとうに大変だったよ」

けだるく答えて、けだるくグラスを口に運ぶ。そういうポーズをとっているわけではなく、あの騙し討ちのようなお見合い（未遂）の一件に疲れてしまい、ほんとうに身体にも声にも力が入らないのだ。

あんなやりかた、あんまりじゃないのかい。呟くと、いったんは心の奥底に沈めたはずの怒りがふたたびこみあげてくる。自治会長め。お前なぞいつも着てるポロシャツの胸のところについているワニに下半身を飲みこまれてしまうがいい。半人半ワニとして地べたに這いつくばって余生を過ごせ。

それにしても明るい時間に飲むビールは夕陽を受けて黄金に輝く海のよう。グラスに張りつく消えかけた泡は砂浜に寄せる波のよう。滝谷はほんとうは、あまり酒が飲めない。量は飲めないが、味わいはめっぽう好む。うまいものをほんのすこしだけ味わいたい。

「なんで放っておいてくれないのかと、いつも思うよ。こっちは好きで単身世帯をやっているというのに」

自治会長だけでない。精肉店の店主も、書店のパートタイム書店員もみな言う。いい人を見つけないとねえ。あきらめちゃだめよ。ひとりのほうが気楽って、そりゃあ今はいいだろうけど十年後二十年後も同じことが言えるのかしら？　いったいなぜそこまでと驚くほどの熱心さで、誰も彼もが結婚をすすめてくる。

「前から思っていたんですが、滝谷さんは独身の人のことを『単身世帯』と言いますよね」

口を挟んできたのは始だった。愛里咲の夫である。カウンターの端が定位置で、いつも難しい顔で本を読んでいる。

始の傍らには、いつも紙と鉛筆がある。紙はルーズリーフだったり、リーガルパッドだったり、チラシの裏だったりする。思いついたことを走り書きしたり、漏れ聞こえた客の言葉を書きとめたりしているらしい。そこに「単身世帯」と書いてから、首を左右にひねってみせる。

「変じゃないですか？」

「未婚という言葉が嫌いなんだ」

「未」の文字にこめられた「為すべきことをいまだ為さぬ者」という非難のニュアンスを、滝谷は敏感に感じ取る。

「じゃあ非婚でいいじゃないですか」

「それもちょっと」

わたくしは結婚できないのではありません、しないのです。そのスタンスを、なぜいちいち世間に表明せねばならぬのか。婚姻関係を結ぶ人びとも、その事情はさまざまであろう。深く愛し合う幸福なふたりもあれば、利害一致により結びつくふたりもいるだろうに、彼らはそのスタンスを表明する必要がない。不公平である。

独身は「独」の部分に「おさびしいでしょ？」という偏見がこめられているような気がして好かぬ。かといって「シングル」もなんとなく横文字でごまかした感がある。よって「単身世帯」が残った。総務省の統計を連想させる無味乾燥さが気に入っている。さらにこの言葉には、奥行きがある。大学に通うためアパートで一人住まいをする十代男性も、夫と死別し子が独立したあとの家屋に住まう八十代女性も、すべて収納可能な奥行きが。

「ま、滝谷さんは今のところ単身世帯の生活に満足してるってことなのよね」

愛里咲がカウンターにもたれかかる。

「そうだよ。明るく楽しい単身世帯生活だよ」

「僕はねえ、あなたが結婚していようがしていまいがちっとも気にしませんよ、でもやっぱりその言葉は変ですよ。日常会話でそんな単身世帯、単身世帯って、不自然すぎて気になってしかたがないんだ！」

始はなおも食い下がる。うるさいんだよ、と滝谷は吐き捨て、ごくごくとビールを飲み干す。苦味ばかりが舌に残った。

「そうやってネチネチ言葉尻をとらえてばかりいるから、お前の小説はいつまでたってもぱっとしねえんだよ」

「ウワー言った！　始ちゃんのいちばん嫌いな言葉言った！」

愛里咲の絶叫に追い立てられるようにして『路傍の石』を出た。あれが始のいちばん嫌いな言葉だということは知っているし、だからこそ言ってやったのだ。滝谷はフンと鼻を鳴らして歩き出す。

しょっちゅう『珍味のナガオカ』からお取り寄せをしているせいで愛里咲からは「滝谷

さんって白米がわりにタコのたまごとか食べてそうだよね」と評される滝谷だったが、もちろんそんなことはない。ふだんは炊き立てのごはんにたまごをかけたり、ふかふかのパンにバターを塗ったりしたものを食している。簡単に用意できておいしい食べものが、なによりも好きなのだ。

食べもの以外なら、日中干しておいた布団にぼふっと音をたてて飛びこむのが好きだ。「森林の香り」をうたう、なんだかわからないけど良い香りの入浴剤を入れた緑色の湯にざぶんとつかるのも好きだ。新しい本を開く時に、くっついていた紙どうしが開く時のぱりぱりというかすかな音を聞くことも。

このように滝谷は自分の上機嫌を保つ方法を心得ている。しかし周囲の多くの男たち、とくに中年の男たちは、自分の機嫌のとりかたを知らないように見受けられる。身のまわりのあれやこれやを配偶者にまかせていると、そうした感覚が鈍るのかもしれない。

そろそろ夕飯の時刻だが、まだレジを閉めていない。今日届いた段ボールもまだ開けていない。自治会館に呼ばれたせいでなにもかも中途半端だ。いったんは二階の自宅に落ちつけた腰を上げた。さっきのビール一杯の酔いが、よい按配《あんばい》にまわってきた。タコのたまごとさけのたまごは〜大きさが違う〜かたちも違う〜と即興でうたいながら一階の店におりていく。

滝谷の店にはありとあらゆる衣類が持ちこまれるが、そのままの状態で店に出すことはない。ほつれや虫食いを探し、可能な限りの補修をおこなう。シミや汚れも可能な限り落とす。色褪せたシャツを染め直して販売したこともある。『コメット』の前身は父が経営していたクリーニング店だった。その父と洋服の直しの内職をやっていた母から教わった技術を駆使して、古着をよりよい状態によみがえらせる。ふたりともとうに死んでしまったが、彼らの技は滝谷の中で生きている。

両親もまた、滝谷の結婚を望んでいた。熱望と言ったほうが正確かもしれない。父など死ぬ三日前まで「孫の顔が見たかった」と恨み言をとなえていたし、母は「出会いがないからいけないんだよ」と言って、滝谷を駅前の社交ダンス教室に連れていくなどした。最初は「勘弁してくれ」と思っていたが、いざ通ってみると意外にもレッスンは楽しかった。一年ほど通った。教室の生徒は全員六十代以上、女性はすべて既婚者で、出会いはなかったが『コメット』の固定客は増えた。

色とりどりのワンピースやスカートがずらりと並ぶこの店は、滝谷の自慢である。高校卒業後に布地の卸問屋に勤めて、三十五歳の時に退職し、独立した。あれから二十年近く、大儲けすることはないが極端に貧することもなく、ぼちぼちやっている。

幼少の頃から、女の服が好きだった。自分が着たいとは思わず、これはクラスの誰それに似合う、あの先生にはこの色がきっと似合う、と想像しては楽しんだ。

美しい布をまとう客体としての他者をひたすら観察しつづけた滝谷は二十歳《はたち》頃、あるひとつの真理に到達した。それは「美しくない人間はいない」というものであった。

背後でかすかな音がして、滝谷は振り返る。床にハンドバッグがひとつ転がっていた。ああ、またかと眉を下げて、それを拾い上げた。壁面に設置した飾り棚のねじがゆるんでいるのだ。たまに板が傾いて、上に置いた商品が落ちてしまう。

店内の棚やハンガーラックのほとんどは、開店当初に滝谷が廃材を利用してつくったり、組み立てたりしたものだ。靴はワイン用の木箱を重ねた飾り棚に陳列してある。天井からつるしているのは流木を組み合わせた特製のラックで、シフォンやオーガンジーのスカーフをかけておくと空調の風にそよいで、色彩のせせらぎを生み出す。商品のみならず内装も味わい深い店、と滝谷は自負しているのだが、なにぶん素人仕事であるゆえ、あちらこちらにガタが来ている。休みの日に棚をやり直さないとなあと思いながらハンドバッグをもとの位置に戻そうとして、ふと手を止める。入り口脇のウィンドウに歩み寄り、マネキンの左腕にかけてみた。

「いいね」

滝谷はひとり頷く。メープルシロップみたいな色の髪をしたマネキンのすんなりと伸びた白い腕に、ルビー色のエナメルのハンドバッグがよく映える。

「あんたに似合うってぴんと来たよ」

美しいものを、ふさわしい者に手渡す喜び。衣料品店店主としての最上の喜びに浸る滝谷に、マネキンがひとこと答えた。

「ありがとう」

そのマネキンは、いかにも悲惨な状態で加納《かのう》くんの軽トラックにのってやってきた。三月ほど前のことだ。加納くんは滝谷の商売仲間の青年である。年に数回海外に赴いて、古着を買いつけてくる。加納くんからパリの街はああだ、西海岸はこうだ、という話を聞くたびに滝谷は「俺もいっぺんぐらいは異国の地に降り立ってみてぇもんだ」などと思うのだが、高所恐怖症気味のところがある自分はきっと飛行機に乗ることすらできないだろうとはなからあきらめている。

「どうしたの、これ」

マネキンは服を着ていなかった。埃《ほこり》をかぶって、くすんでいた。頭髪はなく、右目は塗装がすっかり剝げ、唇の下から顎の下にかけて、釘でひっかいたみたいな大きな傷があり、その傷に汚れが入りこんで、ムカデがはりついたみたいに見えた。だめおしみたいに、左腕が外れていた。そんな姿でつんと顎を上げて澄ましているのが、いっそう哀れであった。

加納くんはちょっと困ったような顔をして、押しつけられたんですよ、と言った。他県で衣料品店を営んでいた知り合いが店じまいをするという話を聞いて、在庫を買い取りに出向いたのだそうだ。在庫をあらためている加納くんに向かって、加納くんの知り合いは

「これも持って行ってよ」と、倉庫の奥からこのマネキンを引っぱり出してきたという。

「どうするの、これ」

「いや、捨てますよ。そりゃ」

荷台に横たわるマネキンを振り返ると、片方しかない瞳がなにかを訴えるように滝谷を見つめていた。なんだかいてもたってもいられなくて「俺が引き取るよ」と申し出たのだった。

最初にしたことは、彼女を風呂場につれていくことであった。洗剤を使って身体をくまなくあらってやり、丁寧に拭きあげた。汚れを落としてみると、肌がたいへんに白い。昭和の頃、デパートにはこのように白人の男女を模したようなマネキンが並んでいた。今ではどこの店頭でもあまり見かけない。頭部のないトルソーか、頭部があってものっぺらぼうである。

顎の傷は、汚れを落としたことで黒ずみが薄れはしたが、完全には消えない。滝谷は翌日、ホームセンターに向かった。壁や床の傷を埋めるための多種多様なグッズの存在を、店の内装をした経験によって知っていたのである。それらを駆使して、マネキンを補修した。取れた腕を接着剤でくっつけ、顎の傷は樹脂を流して埋め、平らに均《なら》した。失われた目は、残っている目を参考に小筆で描いた。ついでに唇にも色を足してやる。瞳の色と同じウィッグをかぶせると、見違えた。ああ、なんて、きれい。「わあ！」とはしゃいで両手を上げた。

　こんなきれいな人がいつまでも全裸のままではいけない。滝谷はいそいそと店内を歩き回り、彼女のための服を見つくろった。これはどうだ。ワンショルダーの黒いドレス。肩から胸元にかけて、流れ星の軌跡のごとき銀色のビーズ刺繍が施されている。あるいはこのスクエアネックのブラウス。薔薇色のトレンチコート。群青色のロングスカート。いやいや彼女はなんといっても脚が美しい。

　長い時間をかけて、滝谷は一着の白いドレスを選びとった。シルクのノースリーブ、丈は膝の上まで、襟ぐりには優雅なドレープライン。肩まわりには妖精の羽のごとき軽やかなフリルが、幾重にも縫い付けられている。

　その美しいドレスは、もう何年も『コメット』のラックの奥で売れ残っていた。来る客来る客、どんだけ痩せりゃこんなサイズが着られるっていうの、白だから結婚式にも着ていけないし、ソースのしみなんかつけた日にゃ最悪よ、とさんざんな言いようだった。

「やあ、もしかしたら、あんたが着るために売れ残っていたのかもしれないなあ」

　うきうきと話しかけながら、滝谷は彼女にドレスを着せた。滝谷の爪はいつでも短く丸く整えられ、ささくれのひとつもない。毎晩念入りに手入れをしているからだ。それは愛里咲の言うような女にもてるための努力などではなく、商品を傷つけないためだ。

　しっとりと柔らかい指で彼女の髪をととのえ、ドレスの裾をつまんで、直してやった。美しいドレスをまとった彼女はどこぞの令嬢のような気品を醸し、薄暗い店内で光を放っているようにすら見える。

ルミエラ。その名前が、天の啓示のように降ってきた。

「ようこそ『コメット』へ」

ルミエラは顎を上げて、澄まし顔だ。滝谷が慎重に塗料を重ねた唇が、さくらんぼみたいに輝いていた。


あの晩、たしかに「ありがとう」と喋ったはずのルミエラは、以来一度も口をきかない。あたりまえだ。たぶん、幻聴かなにかだったのだろう。酔っていたし、ひどく疲れてもいたから。けれども妄想ではない。たしかに喋ったのだ。

滝谷は誰にもそのことを話そうとは思わない。話したら最後、「ほらね、あなたやっぱりひとりでさびしいのよ」「さびしいからそんな妄想をしてるのよ」と決めつけられるに決まっている。

ぜったいに喋ったし、ぜったいに秘密だ。マスクの下できっぱりと唇を結んで、滝谷はペンを握りしめる。なにか異様な空気を感じ取ったらしい隣の自治会役員（会計）が、おびえたようにちらりとこちらを見た。

今日もまた、自治会の会議に参加させられている。年寄りたちはなんだかんだ理由をつけて自治会館に集まりたがる。「さびしい」のは、いったいどっちだ。

「じゃ、そういうことで」

自治会長が言い、数名がぱらぱらと立ち上がる。公園清掃について話していたのではなかったのか？　いつのまに終わったのか。滝谷がルミエラのことを考えているうちに短くない時間が経過していたようだ。

帰り支度をする滝谷の前に、自治会長が立つ。

「滝谷さん。ごめんね、この前は。まだ怒ってる？」

もじもじと両手をこすりあわせている。あたりまえだろうがと思いながらも、滝谷は「いいえ」とおだやかに答え、自治会長の胸のワニを見つめていた。

「そうだよねえ、そうだよねえ」

自治会長は相好を崩して滝谷の隣にまわりこみ、椅子を引いて座る。

「秋永さんにはさ、私からよく言っておくからね。いくら自分のタイプじゃないからってひと目見るなり飛び出しちゃうなんて、おとなげないよってさ」

そういうことではない、と説明をこころみたが、滝谷が言葉を尽くせば尽くすほど「怒っているのに怒っていることを隠そうと必死になっている人」のように見えるらしく、自治会長は「オーケーオーケー、万事オーケー」などと言って両手を上げる。ちっともわかっちゃおらぬ。万事エヌジーだとなぜ理解できぬ。

「滝谷さんが怒るのも無理はない。私もね、もともと秋永さんはちょっと、どうかなあと思ったのよ。だってあの人、なんていうかこう……あんまり美人とは言いがたいしね。愛嬌のひとつもあればいいのにツンケンしてさ、せめて化粧ぐらいすればいいのにね。そのうちもっといい人を紹介するからさ。ここらで許してよ」

ポンと肩を叩かれ、滝谷は徒労感でくずおれそうになる。言いたいことが多すぎて、なにから言えばいいのかわからない。

「そんなんじゃありません。もう見合いは結構です。ほんとうにやめてほしいんですよ」

「弱気なことを！　ね、まだあきらめちゃだめだよ滝谷さん。結婚のチャンス、まだまだあるって」

「あきらめてません、いや違う、そういうことじゃなくて」

「そう、その意気だよ。ね、とりあえず身体大事にね。会議中ずっと思ってたけど、あんた今日ちょっと顔色悪いよ」

自治会長は他の役員に呼ばれ、滝谷のそばを離れる。失望と疲労とでふらつきながら、滝谷は自治会館を逃げ出した。

美しくない人間はいない。

それが、滝谷が発見した重大な真理である。もちろん、多くの人に「美しい」と感じさせる基本形は、たしかに存在する。人間はより左右対称に近い顔や身体に惹かれ、顔のパーツが極端に大きすぎたり小さすぎたりしない、平均的な外見を好む。見慣れたものにたいする安心感は、他人への好悪の感情に大きく影響を及ぼす。これはもう本能的なものであって、なにもおかしいことではない。

それでも滝谷は思う。美しくない人間など、この世には存在しないのだと。

中学の頃、顔がカニに似ているという理由で名字の谷口をもじってカニ口と呼ばれている男の先生がいたが、滝谷は「先生はとてもきれいな目をしている」と感心していた。瞳孔の周囲に焦げ茶色の斑点が散った、ふしぎな色彩の目だった。

滝谷は毎日、隣の席の女子生徒の頰の産毛が金色に光るさまや、前の席の男子生徒のすんなりと細長い首に見惚《みと》れた。

ふくらはぎのカーブ。手首の骨のでっぱりの華奢さ。上体をそらした際の肩甲骨が落とす影。ふだんは靴下にくるまれた踝《くるぶし》の赤み。滝谷は他人の身体のそこかしこにその人にしかない美を見出す。

秋永も美しかった。頑丈そうな骨組みと黄味の強い肌がうまく調和していた。自治会長は目が悪いのではないだろうか。いや服のせいかもしれない。秋永は黒い服を着ていたから。黒は無難なようでいてむずかしい色だ。彼女はベージュやプラム、サーモンピンクの服のほうが似合うはずなのに。

しかし、この件についてもまた、けっして他人には話さない。誤解を生むからだ。世の中の人は外見をほめる行為を、個人的な好意の発露と結びつける。滝谷が「あの人はきれいだ」となにげなく述べた感想が、なぜか先方に「滝谷さんはあなたに気があるみたいよ」と伝わってしまうことがよくある。そのせいでこれまでに何度も多くの女性から一方的に警戒されたり、距離を置かれたりした。

なにも悪いことはしていないのにと悲嘆にくれたこともあったが、よくよく考えてみれば親しくない人間から「あなたの顔の、あるいは身体の、この部分が比類なく美しい」などと言及されること自体、はてしなく気持ちの悪いことかもしれない。

誰かに誤解をされること。どんなにがんばってもその誤解が解けないこと。ちっとも会話が通じないこと。それらのことは、滝谷を倦《う》ませる。誤解されたくない。警戒させたくない。こわがらせたくない。人の世は、なんとめんどうくさいのか。

深夜、照明を落とした『コメット』の店内で、滝谷はルミエラに話しかける。レジの奥から引っ張り出した椅子にまたがるようにして座り、ときおりビールの瓶を傾けながら、椅子の背もたれを抱いて飽かず彼女を眺めた。

ルミエラは左肘を曲げた姿勢で、指先をちょんと顎に当てている。滝谷が補修した傷は、完全には消えなかった。だけどそれがなんだ。傷があろうがなかろうが、ルミエラはきれいだ。

酔いがまわると、世界もまわる。目を閉じると尚更だ。ああいい気分だなとひとりごつ滝谷の手に、ひんやりしたものが触れる。瞼を押し上げた滝谷は、ほんのわずかに目を見開いて、自分の手に触れるルミエラを眺めた。ルミエラは膝を屈めるようにして、ハンドバッグを床に置いている。

「ありがとう」と声を聞いた時同様、滝谷は驚かなかった。こんなにもいきいきと美しいものに、命が宿っていないなんておかしい。

後頭部がじんと痺れて、床を踏む足の感覚がなくなる。ぐるりを取り囲むラックにかかった洋服の色が視界の端で滲み、溶けだし、まじりあう。混沌とした色彩はひとかたまりになって深い闇が生まれ、ルミエラの白いドレスだけがぼんやりと浮かび上がった。ルミエラは滝谷の手を取り、椅子から立ち上がらせた。

「ねえ滝谷さん、見て」

ルミエラが自分のドレスを指さす。目を凝らすと、真っ白だったはずのドレスの肩口に、ぼんやりと模様のようなものが浮かび上がっている。それはだんだん、だんだんくっきりと浮き上がってきて、十センチほどの人のかたちになった。肩幅が広く、胴にくびれがないことから、その小さな人は男であろうと察せられた。

肩口にあらわれた男はゆっくりと下降しはじめる。ルミエラの隆起した胸をとおり、平らかな腹を行き過ぎたところではっとしたように動きをとめる。ドレスの裾にあらわれたもう一体の小さな人の存在に、滝谷も気がついた。こちらは八センチほどで、身体は多くの曲線で構成されている。おそらくは女ではなかろうか。女は平泳ぎをするように上昇していって、男に近づいた。

彼らが手をとりあった時、ルミエラの白いドレスの生地が一瞬にして桃色に染まった。ドレスの上で、ふたりはくるくるとまわりだす。滝谷がその動きに見入っているうちに、ドレスは桃色から茜色へ、鮮やかな青色へと、空がその色彩を変えるように、変化していく。感嘆のため息を吐いた時、すでに滝谷とルミエラの足は床から数センチ浮いていた。

音楽が流れ出し、どこから聞こえるのかと見回すと、なんとルミエラのドレスの胸元にピアノの鍵盤が出現している。

「踊りましょう、滝谷さん」

ためらう滝谷の左手にルミエラの右手が重ねられ、おずおずと数歩足を踏み出したらあとは身体が勝手に動いた。ナチュラルスピンターン。リバースターン。一、二、三、一、二、三。ダンス教室の講師の声がよみがえる。教室で習っていた頃より十も年を取ったのに、あの頃よりずっと軽やかに身体が動く。ターンするたびに滝谷とルミエラの身体はらせんを描くように浮かび上がり、このままでは天井で頭を打ってしまうと危ぶんだが、いつのまにか天井は取っ払われていた。どこまでもどこまでも、ベルベットのような夜空がしっとり広がっている。

滝谷が腰に手を添えるとルミエラの上半身が大きくそらされる。重さはほとんど感じない。床がないから足の感触もない。いつまでも踊り続けていられそうだ。

踊っているあいだ、ルミエラはほとんど言葉を発しなかった。滝谷もまた。見つめ合い、踊ることで、会話している。通じ合っている。出会って間もないのに、もうこんなにも深いところでわかりあえている。

そうだ、我々には言葉なんて必要ないんだ。だって言葉は誤解を生む、人を傷つける。私たちの内に広がっている、この豊かであざやかな世界をかけらほども伝えることができないのだ、そうだろうルミエラ。

つんと斜め上を向いたルミエラの、白い首筋のなだらかな線の優美さといったらどうだ。ドレスの色は、今は藍色に変わっている。そこにいくつもの星が浮かび上がり、燦然《さんぜん》と輝いている。星は布の上から飛び出し、空中にこぼれ落ち、踊るふたりを照らし出す。星はいくつもいくつも生まれ落ちては輝き、そのうちのひとつを滝谷は手を伸ばして空中で受け止めた。そしてそれをルミエラの髪に差すと、見たこともないようなまばゆい髪飾りになった。

ああなんて、なんて美しいのだろう。なんて美しい世界、なんて美しい、私のルミエラ。ずっとこのままでいたい。このままがいい。そう呟いた次の瞬間、ルミエラの髪の上の星が閃光を放った。音楽が止み、白い光の爆発に思わず目をつぶり、その直後、頭頂部に衝撃が走った。ルミエラを呼ぶ声は声にならず、滝谷の身体は床に叩きつけられた。

「滝谷さん」

野太い声が自分を呼んでいる。

「滝谷さんってば。嫌だ、大丈夫?」

愛里咲だった。心配そうにのぞきこんでくるその頭ごしに、取っ払われたはずの天井が見えた。


ほんとにびっくりしたんだから。後になってあの夜の話をするたび、愛里咲は決まってそう口にした。

あの夜、愛里咲は大きなものが倒れるようなはげしい物音を聞きつけたと言う。外に出たら、とっくに閉店したはずの『コメット』の明かりがついていた。中をのぞいてみると、滝谷が床に倒れていた。身体の上にはバッグや帽子や、夥しい量のスカーフがのっていた。飾り棚とラックが壊れ、滝谷が気を失っているところを見るに、棚板が頭を直撃したのではないか。愛里咲はそう推測し、救急車を呼んだと言う。滝谷の隣には椅子が横倒しになっており、その奥にはマネキンが転がっていた。

ルミエラは、それはそれは悲惨な状態だった。首と両手両足がそれぞれ分断されており、しかもただはずれているわけではなく、ぽっきりと折れて、中が腐ってでもいたのか折れた面がぼろぼろに崩れていた。

どう見ても修復は無理だということになり、滝谷はルミエラと別れざるをえなくなった。とはいえゴミの日に出すにはあまりにも忍びなく、隣町の葬儀場に持ちこんだ。人形供養をやってくれると、愛里咲に教わったのだ。そこで読経をあげてもらったのちに焚き上げ、人形塚に葬った。

「倒れるちょっと前から顔色が悪いなあって思ってたのよ、あたし。そしたらあれだもの」

「ただ棚が壊れて、それで頭を打っただけだから」

病院に運ばれたついでに全身くまなく検査したが、頭の怪我はたいしたことはなかったし、病気も見つからなかった。ただ、医師からは「ずいぶん疲労がたまっておられたようですね」と言われた。

人形供養を終えたことを伝えた際、愛里咲は「滝谷さんの、大切な存在だったのね」と、いつになく神妙な面持ちだった。始もその時だけはよけいな口を挟まず、静かに酒を飲んでいた。

ルミエラがいた場所には、トルソーが一体置かれた。加納くんが持ってきてくれたものだ。

さびしさは感じない。あの晩のできごとは、目覚めたあとに思い出す夢のように、すこしずつ薄れて、遠くなっていく。

「ありがとうね。これ、いくら？」

加納くんは肩をすくめた。

「ただですよ。お見舞いです」

あんまり、無茶しないでくださいよ。ほんのすこし心配そうに微笑む彼を伴って、滝谷は今夜もまた『路傍の石』を訪れた。

「俺、思ったんですけどね。あれ、じつは呪いのマネキンだったんじゃないんですか」

ビールを飲みながら、加納くんはそんなことを言い出した。

「だってあれを店に置いてから滝谷さんはなんか、なんていうか……責任感じますよ」

滝谷がなにか答える前に、愛里咲が「そんなわけないでしょ」と答えた。ハハン、と顎を上げて笑いもした。呪いという言葉によって淀んだ空気が、一陣の風のごとき「ハハン」によって一掃された。

「すみません。へんなことを言いました」

頭を掻きながら、加納くんがトイレに消える。愛里咲は滝谷のグラスにビールのおかわりを注いだ。

「ね、滝谷さん」

あたし、あれでよかったと思うのよ、と愛里咲は続けた。

「どういう意味？」

「だって強すぎる光って、闇と同じでしょう」

「いや、あの、どういう意味？」

馬鹿みたいに、同じ質問を繰り返した。

「あ、嫌だ。ひじきが焦げちゃう」

愛里咲ははぐらかすみたいにそう呟いて、厨房へと消えていった。始が鉛筆を走らせる音が聞こえた。さっきの愛里咲の言葉を書きとめたのか、あるいは今まさになにか新しい物語が生まれたのか。加納くんはまだトイレから戻らない。滝谷はカウンターに置いた自分の手を眺めながら、「そろそろ爪にやすりをかけないとなあ」というようなことをぼんやりと考えている。


滝山が「美しい尾ひれ」と呼んだ谷川治の原稿は、ファイルに綴じられた状態で瑠依に手渡された。瑠依は家に帰ってすぐにソファーに腰を下ろすなりそれを読みはじめた。読み終えた今も、まだ動けずにいる。

これまで読んだ谷川治のどの作品とも違う。従来の作品ではたいてい谷川治本人に似た男が主人公だった。自分がどんなに繊細な感性を持っていて、どんなに生きづらい思いをしているかという訴えが延々と続くのだ。

なぜこれをどこにも発表しなかったのだろう。新境地と呼ぶのは大袈裟かもしれないが確実に新しい一面が垣間見える作品だと思うのだが。

あれもこれも訊ねたいが、本人はいない。滝山に話を聞くしかなかった。

三日後、瑠依は『コメット』を訪れた。何度も前を通ったことはあるが、中に入るのははじめてだ。

「このブラウスを着て出かけたら、きっと気分がよくなる。病気なんか忘れちゃうよ」

「そうかなあ」

ドアを開けるなり、そんな会話が耳に飛びこんでくる。滝山は女性客を相手に喋っていた。女性客はおそらく滝山と同年代かすこし上、毛玉のついたジャージ姿でサンダルをつっかけている。鏡の前でブラウスを胸にあて、照れくさそうに、しかしまんざらでもない様子で、身体を斜めに傾けたり、髪を直したりしている。瑠依は彼らの邪魔にならないよう、小物のコーナーでバッグを見ているふりをしていた。

試着するのしないのというやりとりの後に、女性客はブラウスを購入したようだった。彼女が店を出ていくと、滝山は瑠依のほうに近づいてきた。

「それ、安くしとくよ」

瑠依は曖昧に笑って、棚から離れた。

「どういうのが好きなの、ルイさんは」

もうずっと、「好きかどうか」で服を選んだことがない。

デビュー作である単行本が発売された直後に、はじめてテレビ取材というものを受けた。話題の新刊の著者にインタビューし、本の内容を再現したVTRとともに紹介してくれる、という内容だった。出演を迷う瑠依に、利根川さんは「ぜったいに出るべきだ」と言った。大きな宣伝になるからと言われれば、「なんとなく気が進まない」「恥ずかしい」といった中途半端な理由で断るのも気が引ける。瑠依はだから、そのテレビ取材を引き受けた。

自分は、自分で思っているよりもずっともたもたと喋るのだな、と放送を見て思った。SNSには「キラキラした名前のわりに地味」「なんかイメージと違った」という感想が上がっていて、ちょっと申しわけないような気分にもなった。

服装や髪形を変えること。話しかたを変えること。表情や姿勢に気を配ること。体型を維持すること。なにを着るかなにを食べるか。あれ以来、すべて「匙小路ルイのイメージに合うかどうか」という基準で取捨選択を繰り返してきた。最近は「らしいかどうか」の判断すらも、由良子に委ねている。だからもう、自分がほんとうはなにを好きでなにが嫌いだったのか、よく思い出せない。

そんなことを、気がつけば滝山相手にすべて話してしまっていた。さほど親しくない相手に話すような事柄ではないと思う。親しくないから話せるのかもしれないとも思う。

「おかしいですよね。匙小路ルイは私なんです。なのに、私ですらも正解を知らない、『匙小路ルイのあるべき姿』を、いつも必死で追いかけている」

「ふーん、悲しい鬼ごっこだねえ」

滝山は瑠依に椅子をすすめる。やや傾いた椅子に腰を下ろしたところで本来の目的を思い出した。バッグから借りたファイルを出して、滝山に差し出す。滝山は卒業証書を授与された生徒のように両手で受け取り、大事そうにレジの奥の引き出しにしまった。

「谷川くんは、滝山さんの体験談をもとにあれを書いたんですよね」

「そうだよ」

滝山の話を録音し、それをいったんすべて文字に書き起こし、それを小説として仕立て直す、という手順をとっていたという。谷川治は何度も原稿を書き直し、そのたび滝山に読ませたとのことだった。

「どこからどこまでがほんとうのことなんですか」

客があれこれ触ったあとなのか、棚の上に畳んでおかれたTシャツが乱れて、小山のようになっていた。滝山はその一枚を広げて、ていねいに畳み直しはじめる。

「そんなの、言っちゃったらつまらないじゃないの」

「それはそうですけど」

母に「これも書くの?」と言われるようになった二年後、瑠依は母親との不和を抱える女性を主人公に長編を書いた。親子関係が主題ではなかったのだが取材などではその要素について必ずと言ってよいほど問われたし、寄せられる感想等も読者の親との、あるいは子との関係について思いを馳せているものが多かった。

刊行後しばらくして、母が電話をかけてきた。

ママ、ご近所の人に心配されたのよ。瑠依ちゃんとのあいだにこんなことがあったのね、ちっとも知らなかったって、そう言われたのよ。どうしてあんな小説書いたのよ。ねえ瑠依ちゃん、みんなに説明してよ。あれは作り話ですって。

犯罪小説を読んで作者は犯罪者だと思いこむ人や、歴史小説を読んで作者は過去からタイムスリップしてきた人だと誤解する人はいない。

だが物語の舞台が自分たちの住む世界と地続きであると、作中の人物と作者とのあいだにひとつでも共通項があると、人はいともたやすく虚構と現実との境目を見失う。あれはやっぱり実体験に基づいたものなんですか? と無邪気に訊ねる。そのたびに瑠依は答えなければならない。違います。モデルはいません。実際のエピソードではありません。

谷川治は明確に自分と妻、周囲の人間をモデルにしているし、私小説に近いものがあると公言していた。だから「どこからどこまでがほんとうのことなのか」という瑠依の疑問はおかしなものではないはずだった。

「谷川くんは、あれを発表する気はなかったんでしょうか」

いつのまにか、Tシャツの小山はきれいに均されていた。

「ああ、うん。小説ナントカ？　って雑誌に送ろうとしてたみたいだけどね、加藤くんに止められたから」

「加藤くん」

「あ、『加納くん』って子が出てきたでしょう、お話の中に」

まあおれも良くなかったんだけどねえ、とため息をつきながら、滝山は椅子をもうひとつ引っぱり出して来て、瑠依からすこし離れたところで座った。

「こんなの書いてもらったんだよってね、加藤くんに自慢しちゃったんだ。治ちゃんがこれから原稿を送ろうかっていう、その少し前にね。そしたら加藤くんが怒っちゃってさ。それで治ちゃんにたいして文句言ったらしくて。治ちゃん、それで悩んじゃったんじゃないかな。どこにも発表しないって言い出して」

「文句って、どんなことを言われたんでしょう」

そこまでは知らない、と滝山は肩をすくめ、スマートフォンをいじり出した。

「本人に訊いたら？　今日、ここに来るから」

加藤くんは「令嬢ルミエラ」に書かれていたとおり滝山の同業者で、定期的にこの店にやってくるのだという。

「そのかた、ちゃんと話してくれるでしょうか」

瑠依が呟いた時、店のドアが開いた。

「こんにちはー」

キャップを目深にかぶった青年が段ボールを抱えて入ってきた。大きな声だった。あまりに大きかったので、店内の空気が紙のようにばりばりと破かれた気がした。おかげですこし、風通しがよくなった。きっとこの人が「加藤くん」だ、と紹介される前からわかった。滝山はなんの挨拶も前置きもなく「なんでも話してくれるよ、ねえ加藤くん」と彼に向かって言う。

「滝山さんがその発言にいたった経緯も理由もわかりませんけど、ぼくは秘密をもたない主義ですからね、なんでも喋ります」

加藤は段ボールを床に置き、滝山と瑠依を交互に見る。

「加藤くん、この人、ルイさん。治ちゃんの友だちだよ」

「治さんの友だち?」

加藤くんはまた大きな声で言った。

「あの人、友だちいたんですね」

「私は友だちだと思ってます。谷川くんはどうだかわからないけど」

「あの人たち、どこに行ったんですか？　治さんはべつにいいんだけど、愛里須さんがいないと困るな。あの人の料理は絶品です。そこらの定食屋なんかよりずっとおいしかった」

　こちらもそれを知りたくてここにいるのだ、と説明しているあいだに、滝山は「コーヒー淹れてくるね」と姿を消してしまった。加藤くんはさきほどまで滝山が座っていた椅子に腰かけて「はー、そういうことでしたかー」とキャップを脱いだ。

「みんなは離婚したって言ってますけどね、ぼくはあのふたりは別れてないと思います」

「えっ」

　じつは、そうだったらいい、と瑠依も思っていた。なんらかの事情で、ふたり一緒に町を離れているだけだと思いたかった。ただ加藤の見立ては、瑠依の願望とはすこし違っていた。

「滝山さんはふたりはお互いを思って別れたって言ってるけど、治さんにそんな大人の判断ができるとは思えないんですよ。愛里須さんもそう。なんか、共依存っぽい印象もありましたし」

「共依存」

「よくあるパターンじゃないですか。甲斐性なしの夫とそれを支えるしっかり者の妻、みたいな。ぼくああいうの、ケッて思うんですね。単にそういう自分たちに酔ってるだけなんじゃないのって」

「あんまり好きじゃなかったみたいですね、彼らのこと」

加藤の辛辣さに驚き、だが不快さはなく、こちらも率直に訊ねた。椅子に深く座り直した加藤は「はい」と、悪びれもせず答える。

「好きじゃなかった。うん、その言葉がしっくりきますね。嫌いってほどではなかったです」

谷川治本人にもはっきりそう言ったことがあるらしい。

「それは、例の『令嬢ルミエラ』を読んだ後の話ですか？」

「ああ、そのこと知ってるんですね。はい、そうです」

滝山がマグカップを三つ載せたトレイを手に戻って来た。瑠依は礼を言って差し出されたトレイからマグカップをひとつ取る。三つのうちひとつにだけミルクが入っていて、それは加藤のためらしかった。

「あなたが谷川くんに文句を言った、と聞きましたけど、それはほんとうのことですか？」

「ほんとうですよ」

加藤はマグカップに口をつける。ひとくち飲んで、はー、と息を吐いて、また飲んだ。

「あの人、録音してましたよ。ぼくの文句を、すべてね。文字に書き起こしたっていう原稿も見せられて。訊いたんです。これをこのままあなたの小説として発表するんですかって。いやべつにいいんですよ。いいって本人にも言ったんです、でも結局、発表しなかったみたいですね」

数日前に谷川治から届いた原稿の束のことを思い出した。もしかしたら、あの中に加藤が読んだというその文字起こしが入っていないだろうか。

「実は、何日か前に原稿らしきものが送られてきたんです。読んでもいいし、読まなくてもいいという手紙つきで」

滝山と加藤は顔を見合わせ、同時に笑い出した。

「どうして笑うんですか」

「だってそれは、ぜひとも読んでほしいって意味でしょ」

「そうでしょうか？」

そうですよ、加藤は大きく頷いて、コーヒーを飲み干した。

「あの人はそういう人じゃないですか。そういう、めんどくさい人。なんであんな人と友だちなんですか？」

帰宅後、瑠依はすぐに例の段ボールを開いた。いくつかの短編らしき原稿が、やや乱雑にクリップでまとめられていた。

瑠依はひとつひとつをめくっていく。「加納」という文字が目に飛び込んできて、手を止める。

その原稿には、「スカートの乱」というタイトルが付されていた。

スカートの乱

（録音日時　七月八日　十三時〜開店前の『路傍の石』にて）
（メモ　これは加納くんの話を録音し、文字に起こした記録である）
（メモ　いっそこのまま、録音の文字起こしという態《てい》の小説にする？）

え、録音？　ぼくの話を録音するんですか？　もうしてるって？　えー、なんですかそれ。いやまあ、いいですけど。べつに緊張してるわけじゃないですよ。へー録音なんかするんだなーと思っただけです。取材とはそういうものだって言われても、わかるわけないですよ。だってぼく、取材を受けるなんてはじめてなんですもん。あ、フリーペーパーに載ったことはありますよ。おしゃれスナップ的なやつ。でもこんなふうに、小説家の人を相手に喋るのははじめてです。それがレコーダー？　へえ、けっこう小さいんですね。こっそり録音してもばれなさそう。

（メモ　レコーダーに見入る加納くんはなにか悪いことをたくらんでいる人の顔をしていた）

始さんっていつもこれ使ってスナックのお客さんたちの会話とかをこっそり録音してたりして。しない？　するわけがないって？　そうですか。いくら始さんでも勝手に他人の会話を録音したりはしないのか。嫌だな、そんなに怒らないでくださいよ。いやいや、あなたが「あたりまえだろ」なんて、そんな言葉を使うとは思わなかったな。だって始さん、もし自分がそれ言われたら激怒しません？　「あなたの『あたりまえ』とぼくの『あたりまえ』はぜんっぜん違うんですよ」とか、額に青筋立てて怒りません？　ね、言ったことあるでしょ。このまんまじゃなくてもこれに近いことは言ったことあるでしょ、一回ぐらいは。あるわけないって……嘘でしょ、自覚ないの？　あなたね、かなりの表現警察ですよ。いや警察はだめだな。若干かっこいいしな、正義みたいになっちゃうもん。始さんはもっとこう、ねちっこく小うるさく他人の表現にケチつけて相手をうんざりさせる人でしょう？　「御用だ！　御用だ！」って感じで。あ、表現岡っ引き。これでどうです？

あのね、始さん。あなたが小説を書く人だってことはもちろん知ってる。あなた、毎日毎時毎分、ずーっと言葉について考えてるんですよね。言葉、言葉、って、とりつかれたみたいに。でもね、ほとんどの人はそうじゃないんです。言葉って単なるコミュニケーションのツールなんです。だから「あなた今どういう意図があってその表現を用いたんですか?」なんて訊かれても答えられませんよ。スナックに来たお客さんによくそういう質問してるでしょう。だめですよ、あれ。客減りますよ。

あなたの第一印象ですか? 『路傍の石』に住みついてる妖怪かな。座敷童みたいな。けっこう本気でそう思ってました。そう、滝谷さんに連れてこられたのが最初です。連れていってもらったって言ってもこの店、滝谷さんの店のすぐ隣ですけどね。四、五年前の話か……もうそんなになるのか。

あなたは他のお客さんやママさんと会話するでもなく、黙ってカウンターの隅っこの椅子に座って静かに本を読んでました。客ではない気がしたんです。だってママさんがいっさいあなたを気にするそぶりを見せないから。ただ黙ってるだけなら無口な客かな、と思うところだけど、客なら店の人もそれとなく気を遣うはずでしょう。じゃあお店の人かというと、そういうわけでもなさそうだった。だって店のスタッフがただ座って本読んでるわけないし。ぼくら客が入ってきても「いらっしゃいませ」とか言うわけでもなく……え? 言ってました? 気づかなかった。きっと声が小さかったんでしょうね。だからぼくの目にしか見えない妖怪なのかなと思いこんでしまったんだ。そう、座敷童。童っていう見た目でもなかったし、座敷おじさんかな。

そのうちお客さんが増えてきて、すると座敷おじさんは、いやあなたは、音もなく席をたって二階に続く階段を上がっていこうとしました。その時ママさんが、え？　愛里咲さんと呼べって？　どうしてですか？　ママさんという語感が嫌い？　なんだよそれ……めんどくせえな……まあいいや、愛里咲さんがあなたに「げんこうやりなさいよ」って声をかけたんです。で、あなたが「わかってるよ、今やろうとしてたの！」って答えた。あれ、完全に中学生男子の態度でしたね。反抗期かよってｎの。

でもぼくは「げんこうってなに？」って、そっちが気になっちゃって。だって「げんこう」って言ったら蒙古襲来の「元寇」しかないし。この人たちなに考えてんだよと思いました。

げんこうって言ったら原稿に決まってるって？　始さん、あなたね、普通の……「普通の」もだめなんですか？　じゃあ古着を扱って生計を立てている、本もめったに読まないぼくにとっては、「原稿」なんて単語、日常的に使う機会がないんですよ。とっさに脳内で変換できませんって。

愛里咲さんの言いかたも悪いですよ。「げんこうを書きなさい」だったらぼくだって変換できましたよ。「やりなさい」だもんな。怒らないでくださいってば。妻の日本語の間違いには甘いんだな。はいはいわかりました。夫婦仲が良いってステキダナー。

はい、あなたが売れない作家で愛里咲さんの夫だってことは、その時に知りました。滝谷さんが教えてくれたんですよ。いやあなたの本は読んだことないです。というか、だから小説自体読まないんですよ、ぼく。だって小説って消費じゃないですか。他人の人生を起承転結？　序破急？　そういう物語のパターンに落としこんで、それを消費して楽しんでるわけですよね、読むほうも書くほうも。

　べつに否定する気はないです。すべての娯楽ってそういうものですから。スポーツ観戦が好きな人は試合を、あるいはアスリートという存在を消費する。アイドルが好きな人もアイドルを消費している。ぼくたちは他者を消費することなく生きることができない。ようは自覚の問題なんです。他人を「物語」として消費するという行為に自覚的であってほしい。わかんないかな。じゃあこんな例えではどうですか。始さんは「わたしは差別なんかしない」「わたしには差別意識がない」って言い切る人に会ったら、どう思います？　こわくないですか？　差別意識は、すべての人間に備わっている。自覚しないかぎり、何度でも差別をくりかえす。歴史がそれを証明している。「わたしは差別なんかしない」と思ってる人は「わたし、ばりばり差別しちゃいます」という姿勢で生きてる人より、ずっと手ごわくて恐ろしいんですよ。なんせ自覚がないんですからね。

　なんの話でしたっけ。ああそう、自覚的であれという話でしたよね。ぼくが思うに、あなたにはその自覚が足りないんじゃないのかなって。「令嬢ルミエラ」、読みました。雑誌、あ、文芸誌っていうんですか？　小説誌？　どっちでもいいんですけど、発表する気なんですか？　なに考えてんの？　名前は変えてるってね、そういう問題じゃなくて。知ってる人が読めば、だいたいわかるでしょう、どこの誰の話なのか。わかってます、わかってますよ。あのマネキンのことは滝谷さんのほうからあなたに打ち明けて、「小説に使ってくれてもいい」と許可したんでしょう？　それもちゃんと聞いてきましたよ、ここに来る前に、本人から。

滝谷さんはやさしい人です。あなたがネタに困ってるのを見て、そういうふうに言ってくれただけですよ。すこしでもヒントになれば、ってね。そんなこともわからないんですか。それをあなた、聞いた話をそっくりそのまま書きますかね。小説ってのはずいぶんイージーなものなんですねえ。

（メモ　加納くん、手にしていたペットボトルをやや乱暴にカウンターに置く）

いいですか。あなたは滝谷さんの話を書くべきじゃなかったんだ。あの人の恋を、あんなふうにおもしろおかしく書くなんてことはしちゃいけなかった。

わかってるよ。あなたに滝谷さんをばかにする気持ちがないことは、ぼくだってわかってる。でもね、心配なんですよぼくは。滝谷さんをよく知らない人たちが、あれをどんなふうに感じるのかってことが。このおじさんきもちわるーい、ヤダーなんて馬鹿にされたり、あなたの熱狂的なファンが「この作品のモデルは誰？」とかって『コメット』を特定したり、興味本位で押しかけてきたり、なんて想像するだけでたまらない気分になる。もちろん、あなたが人気作家でないことは知ってますけど……だからこそへんなファンがいる可能性もかえって高いから。

ぼくは滝谷さんを守りたいだけです。うん。うんうん。始さんが言うとおりですよ。滝谷さんはそんなにヤワじゃない。雰囲気はふんわりしてるけどね、タフな人だ、知ってます。でもこれ以上、滝谷さんのことを書いてほしくない。あの人がよくてもぼくは嫌だって言ってるんだよ。そんなにネタがないんなら、ぼくの話をしてあげますから。いいですよ、ぼくの話ならいくらでも。どれだけ消費されたって平気だ。

消費するだけじゃないんだって？　メッセージ……問題提起……はいはい。はいはい、はいはい。そうですね。そういうものが得られることにしたほうが罪悪感は薄れますよね。つくり話を楽しむ自分を恥じずに済みますか？　無益な時間を過ごした自分を責めずに済みますか？　「あ〜考えさせられた！　気づきを得た！　有意義有意義！」って、満足できますか？

え、なんです？　ああ……そりゃそうですよ。だってぼく滝谷さんにはすごくお世話になってますから。知り合ったのは十年前。そうです、仕事で。仕事仲間の紹介で。ぼくが買いつけた古着を滝谷さんの店に卸すようになって。

滝谷さんはぼくが今住んでるアパートを借りる時にも保証人になってくれたんです。金がない頃はしょっちゅう飯食わせてもらったな。

あ、あとぼく、たまに海外に行くでしょう。留守中のあれこれは、いつも滝谷さんがやってくれるんですよ、金魚の餌やりとか、観葉植物の水やりとか。

恋人にやらせればいいって？　いやだな、なんでおじさんってすぐそういうこと言うんだろう。恋人は無償のお世話係じゃないんですよ。滝谷さんはいいんです。すくないですけど報酬も渡してるし、仕入れた古着だって優先的に『コメット』にまわしてる。利害関係が一致しているんです。利害関係、って言うとなんだか感情を伴わないドライな間柄みたいだけど、違うんだな。ぼくは滝谷さんを心から信頼してます。

え？　お父さんみたいに思ってるかって、あー、それも違います。ぜんっぜん違うよ、わかってないなあ。ぼく、大嫌いです。上京した地方出身者がお世話になってる目上の人を「東京のお母さん」とかって呼ぶやつ。ついでに誰かをふる時に「妹みたいに思ってる」とか言って、恋愛対象ではないけど大事な存在だよ的な表現でごまかすやつ、あれも嫌いです。家族？　肉親？　身内？　そういうものを他より強い結びつきとしてとらえている。それが透けてみえるから、大嫌いなんです。

じゃあなんて言ったらいいのって、そんなの「友人」でいいんじゃないですか？　友人。年が離れていたって、仕事で知り合った相手だって、気が合って、助け合えて、相手の幸せを願える、そういうのを友情とか友愛とかって呼ぶんじゃないんですか。年の離れた友人と呼ぶより「〇〇のお父さん」と呼ぶほうが結びつきが深いと思っているのなら、そう呼べる関係性のほうがより尊いと思うのなら、始さんは家族というものをその他の人間関係よりも価値のあるものと考えているってことになりますよね。

始さんってお父さんがいないんでしたよね。お母さんがシングルマザーで。お母さん、一度も結婚はしなかったんですか？　内縁の夫とかもずっといなかったんだ。

じゃあずっとその、やさしいお母さんとふたりきりで暮らしてきたんですか。で、スナックに雇われた愛里咲さんとそのまま結婚して……あー、なるほど。なるほど納得です。いや悪い意味じゃないです。うらやましいんです。違います、皮肉じゃないです。以前から思っていたことなんですけど、始さんって家父長制の匂いがしないから。男親から威圧され続けて育った男特有のいびつさを、一切感じなかったから。それってぼくがあなたをうらやましく思う唯一のポイントなんだよな。

わかってますよ、わかってます。それなりに苦労もあったって言いたいんでしょう。そりゃあそうです。幸福な家庭はどれも似たものだが、不幸な家庭はいずれもそれぞれに不幸なものである、でしたっけ。どの家庭にもそれぞれ凡庸な幸せと、オリジナリティ溢れる不幸があるもんですよね。本読まなくてもそれぐらい知ってますよ、馬鹿にしないでください。アンナ・カレーニナって人の名言でしょ。

違うんですか？　とるすとい……はじめて聞いたな。

（メモ　この時加納くん、スマートフォンを取り出し、検索をはじめている）

あ、そうだったんだ。へえ、トルストイって人が書いた『アンナ・カレーニナ』っていうタイトルの本なんですね。ずっとアンナさんは実在の人物だと思ってました。アンナさんも家庭で苦労した人なんだろうなって、勝手に親しみすら感じてましたよ。

ぼくの家はね、家父長制の煮凝《にこご》りみたいな家でした。出身地は……あんまり言いたくないなあ。都道府県名も言いたくない。山に囲まれてて、海は遠くて、夏は暑くて冬は寒くて、ある程度開けた街に出るには二時間に一本しか出ないバスに小一時間揺られなきゃいけない、そういう町の出身です。長いこと帰ってませんけどね。

どれぐらい山奥か、あなたにはぴんとこないみたいですね。高校に原付で通ってたって言ったらわかるかな？　山ひとつ越えなきゃ通学できない生徒には特別に原付登校許可ってのが下りるんですよ。

前置きが長くなりましたね。今まで誰にも話したことはないけど、ぼくはこのできごとを「スカートの乱」と呼んでます。

ぼくの家はたばこ農家でした。昔からそうだったみたいです。田んぼも野菜の畑もあったけど、メインはたばこ。先祖代々たばこ農家。大きな家でした。大金持ちではないけど、貧乏ではなかった。祖父の代から田畑の一部を貸地なんかにして不動産収入を得ていたので……あ、祖父はぼくが小さい頃に死んだから、その後はぼくの父親が当主をつとめていました。

そうです。「当主」って言うんですよ。「本家」とか「分家」とか、そんな言葉も日常的にしょっちゅう出てきますよ。そうですか始さんにとっては、そういうのはヨコミゾセイシの世界なんですね。で、なんですか？　そのヨコミゾセイシって。ああ、ヤツハカムラは知ってます。水面から死体の足だけ出てるやつ。それはイヌガミケ？　ややこしいんだな。まあいいです。

祖母と両親、あと兄と姉と弟の七人で暮らしてました。上のふたりは年子で、姉はぼくの五歳上、弟が六歳下。だからあんまり一緒に遊ぶという感じではなかった。弟はかわいかったです。小さい生きものってもうそれだけで最強ですから。

家も土地も代々長男が受け継ぐ。それが常識でした。町の中学校なんてあれですよ、同じ敷地にある小学校を卒業したやつがそのまま入学するような感じで、つまりは六歳から十五歳までの人間関係ががっちり固定されてるわけですよ。周りのやつらもほとんど自分と似たような境遇っていうかね。ぼくはだから、疑問に思ったことは一度もありませんでした。なにをするのも父の許可が必要なことも、母と祖母が家政婦みたいに働きづめなことも、結婚した姉に子どもができないのを、みんながやたら心配することも。

町にはこれといった娯楽もなかったし、中学までは誰かの家に集ってゲームするぐらいでした。だから高校に入ってからですよね、放課後に外で遊ぶようになったのは。いや遊ぶって言ってもファストフード店でだらだら喋るとか、ゲームセンターとかカラオケに行くとか、そういうかわいい遊びですよ。始さんは経験がないんですか。え、さびしい青春だったんだな……なんか、ごめんなさい。

はい。ぼくは高校生活が楽しくて楽しくてたまらなかった。もちろん高校のある街だって田舎なんですけど、ぼくが生まれ育った町に比べればいろいろあったし、なにより人間のタイプっていうのかな、いろんなやつがいておもしろかったんです。色鉛筆ってあるでしょう。自分が今まで住んでいたのが六色入りのケースの中だったとすれば、いきなり二十四色入りのケースにほうりこまれたみたいな感じでした。

高校二年生の時に、はじめて彼女ができたんです。「あんな」っていう名前の。あんずの杏に奈良の奈で、杏奈。なんですか「杏奈カレーニナ」って。なにおもしろいこと言いましたみたいな顔してるんですか。ぜんぜんおもしろくないですよ。やめてください、得意げに小鼻をぴくぴくさせるのは。

杏奈は洋服が大好きでした。流行に乗るんじゃなくて、独自の路線を貫くタイプ。だから始さんが見ても「おしゃれ」とか「かわいい」とかは感じないと思います。奇抜だな、と驚くだけじゃないかな。

ええ、うちに連れていったこともあります。夏休みにね。杏奈がぼくの家を見たいって言うから。杏奈は団地住まいだったので、山沿いのでっかい家がめずらしかったんだと思います。となりのトトロみたいだね、とかなんとかはしゃいでいました。

杏奈は楽しそうだったけど、うちの家族はどう接していいかわからないみたいでした。とくに母なんか「頭からっぽなんじゃないの」なんて眉をひそめてました。実際はぼくの何倍も頭がいい子だったんですが。

　母はめったに化粧もしないしスカートも穿かない、そういう人でした。畑に出る時も日焼け止めさえ塗らない、みたいな感じで。父は、着飾ってる女の人が大嫌いなんです。姉なんか色付きのリップを塗っただけで「男の気を引こうとしている」とか言われるんですよ。信じられないでしょう。テレビ見てる時もそう、たとえばアーティストの衣装やメイクにもいちいち文句をつけるんです、ケバいだのなんだのって。

　母は本心ではおしゃれをしたかったのかもしれないけど、父から文句を言われないようにその気持ちを抑圧していたんじゃないかな。父の視点を内在化させ、そして「外見に気を遣う行為」を嫌悪するようになった。これはぼくの推測です。真意はわからない。たしかめたこともない。会話の少ない親子でした。

　祖母は、意外にも杏奈に好意的でした。「かわいい。フランス人形みたい」とか言いながら杏奈の大きな花がついたピアスだとかフリフリのスカートを触らせてもらっていました。杏奈は屈託のない子なんで「加納くんのお祖母《ばあ》ちゃんも、こういうの着てみたら？」なんてにこにこしてたんですけど、祖母は泣き出してしまって。「年寄りがそんなかっこしたらみっともないよ」なんて、泣きながら笑うんです。ぼく、悲しくなってしまって。みっともないってなに、って。

だから祖母の誕生日に、小遣いでスカートを買ってプレゼントしたんです。サーキュラースカートってわかります？　えーとね、広げると裾が円形になるスカートのことです。布地をたっぷり使っているから、動いた時にドレープがやわらかく揺れて、すごくきれいなシルエットが出るんです。色はピンク。ど派手なピンクじゃなくて。白に近い、桜の花びらみたいな。桜の品種？　ソメイヨシノでいいですよ、めんどくせえな。とにかくエレガントなスカートをイメージしてください。

祖母はすごく喜んでくれました。スカートを胸に抱いて、ありがとうありがとうって何度も言いました。ああやっぱり買ってよかったなって思いながら、自分の部屋に引き上げたんです。あ、ぼくの部屋は二階でした。そうです。最初は弟と同じ部屋だったんですけど姉が結婚して家を出てからはひとり部屋になったっていうパターン。何度も言いますけど、まあまあでかい家だから部屋数には余裕があったんですよ。でもあまり小さいうちからひとり部屋を持たせたくないっていう父の方針だったんでしょうね。子どもの頃からなんでも与えるとつけあがる、みたいな。下には支配、同等にはなれあい、上には隷従《れいじゅう》。それが父の、他人への接しかたなんです。

その晩のことです。ぼくはベッドに寝転がって携帯をいじっていました。そうすると一階が突然騒がしくなって。最初はまた父が酔っぱらってるのかと思ったんですけど、なんとなく様子がいつもと違う。どうしたんだろう、と思ってるうちにますます声が大きくなって、玄関の引き戸が乱暴に開いた音が聞こえて。犬が吠え出して。

窓を開けたら、父と祖母がもみ合ってるのが見えました。祖母はぼくがあげたスカートを穿いてて、父は「やめろ」とかなんとか言ってました。「いい年してそんなの」「よそさまに恥ずかしい」とかなんとか。そこでようやくぼくにも状況が飲みこめてきて。

あ、そうです。父はもともと祖母にたいして横柄な態度をとっていました。「実の母親にたいしてなんでそんな」って、ああそうか、始さんみたいな人にはわからないのか。父は祖父のふるまいをコピーしてたんだと思いますよ、たぶん無意識に、ね。あの家では、息子と母親を比べると息子のほうがだんぜんえらい、ということになっているんですよ、なんせ「当主」だし、それに母親は女でしょ。

娘と父親、息子と父親ではそんな逆転現象はない。あ、娘と母親もそう。ぼくだってあのまま町に住んでたら父のようになっていたかもしれない。うわ、想像するとぞっとしますね。

ぼくは窓から身を乗り出して、父に声をかけました。なんて言ったかは忘れましたけど制止するための言葉ですよ。父のことは怖かったけど、祖母を助けたかったから。でもそれ以上なにも言えなくなった。祖母が父の手を振り払ったから。違うな、叩き落としたんです。バシーンって。

いいですか、始さん。祖母はね、ふだんはそんなことをする人じゃなかったんです。見てて歯痒《はがゆ》いぐらいに、父の言うことをはいはいとおとなしく聞いて……そんな人が突然のバシーンですよ。ぼく完全に興奮しちゃって。乱だ、と思いました。島原の乱とかあるでしょ、ああいう歴史的事件に立ち会ったみたいに興奮しました。

祖母は庭の中央に躍り出て、そのままゆっくりとターンしました。優雅な動作でしたよ。ふだん腰が痛いの膝がつらいのと言っている人とは思えなかった。女王様みたいに堂々としていて、妖精みたいに可憐だった。まるく広がったスカートは、闇夜に浮かぶ大輪の花。「お祖母ちゃん、すごく似合ってるよ」。そう声をかけると、祖母はうれしそうに何度も何度もその場でターンしました。ぼくは携帯で写真を撮りました。杏奈に見せてあげようと思って。

父ですか？　ひたすらおたおたしてました。たぶん祖母の頭がおかしくなったと思って、完全に動転してたんでしょう。ハプニングに弱いんです。普段いばってる男にかぎって気が小さいものですからね。いや気が小さいからいばるのか。弱い犬ほどよく吠えるってやつ。

騒ぎを聞きつけたお向かいや隣の家の人たちがわらわらとうちの庭に入ってきました。父は焦って「なんでもない、なんでもないんだよ」なんて弁解してましたけど、そのあいだにも祖母は楽しそうにくるくる回り続けてました。

隣の家の安子さんが、この人もやっぱりおばあちゃんなんですけど、祖母に近づいていくのが見えました。すると祖母は、安子さんの両手をとって踊り出したんです。フォークダンスみたいに、って言えばいいかな。安子さん、ちっとも驚いたり嫌がったりせずに祖母に合わせてました。隣の家の人たちも父も、もう呆然としちゃってて。

ぼくたち、どれぐらいそうやって祖母と安子さんのダンスを見てたのかな。唐突に我に返った父が祖母たちを引き離して、それから祖母を羽交い絞めするみたいにして家の中に連れ戻しました。安子さんも引っぱっていかれちゃって。

階段をおりてのぞいてみたら、祖母がスカート姿のまま布団に仰向けにひっくり返って、口開けて眠ってるのが見えました。疲れたんでしょうね。父は居間で酒飲んでまして、ぼくを見るなり「さっさと寝ろ！」って怒鳴りました。そうです、八つ当たりです。笑っちゃいますね。

（メモ　加納くん、斜め上をぼんやり見つめている）

それから何日経ったかな。そこはよく覚えてないんですけど。いや、だってね、高校生ってけっこう忙しいんですよ、テストとかなんとかいろいろ。それに父はけっしてあの晩の話をしようとしなかったし、祖母が家でスカートを穿いてる姿をそれきり見かけませんでした。だから父の知り合いのおじさんに話しかけられるまであの晩のことは忘れてました。

たしか、ガソリンスタンドだったと思います。原付に給油してる時にその人がやってきて「お前んとこのお祖母ちゃん、どうしちゃったの」と訊かれたんですよね。このあいだの晩のことが噂になってるのかなと思って適当に受け流そうとしたんですけど、どうも話が嚙み合わない。

祖母が踊っている、とその人は言うんです。あの晩以降、毎日のように。それも畑とか河川敷とか公民館の駐車場とか、とにかくありとあらゆる場所で。

「どうしちゃったの」には揶揄《やゆ》の響きがありました。お前の祖母ちゃんぼけちゃったんだね、かわいそうにね……みたいな。とにかく、いい気はしなかったな。無視してもよかったんですけど、やっぱりちょっと心配で、次の日曜日に家を出ていく祖母のあとをつけてみることにしたんです。

祖母は手提げをこう、こんなふうに手首にかけて、ゆっくり歩いていました。ぼくが後ろからついてきているのもちゃんとわかってたみたいですね。でもぜんぜん気にする様子もなく、話しかけるわけでもなく、たまにこっちを振り返って、くすくす笑ったりしながら歩いていました。

その背中を見ながら、ぼくは気がついたんです。祖母のことをなにも知らないんだってことに。どんな子ども時代を過ごして、どんな夢を持っていて、結婚前にどんな仕事をしていたのか。どんなことを考えて生きてきたのか、まったく知らない。なんだろうな、それまでは「おばあちゃん」という生きものだと認識していたのかな。個人じゃなくて家庭というシステムの部品みたいな。それってとても失礼なことですよね。

祖母が向かったのは、野原でした。もとは畑だったけど、今は遊ばせてるみたいな土地。クローバーとかレンゲソウが茂ってるような土地です。誰の所有地だったんだろうな、あれは。

野原には祖母の友人たちが待っていました。いやたぶん、友人だろうってことです。みんな祖母と同じぐらいの年代に見えたから。お隣の安子さんもいました。彼女たちはみんなそれぞれ、スカートを穿いてました。壮観でしたよ。真っ赤な薔薇みたいなフレアースカートに、桔梗みたいなかっこいいプリーツスカート、コスモスみたいなピンクのティアードスカートを穿いてる人もいたな。みんな、野草で編んだような冠をかぶってて、にこにこ笑いながら祖母に手を振っていました。

祖母が手提げからスカートを取り出して、頭からすっぽりかぶるみたいにして身につけると、彼女たちは両手を広げて、祖母を迎え入れました。そして祖母の頭に冠をかぶせました。彼女たちがなにか喋っていたか、ですか。ごめんなさい、よく覚えていません。ぼくがすこし離れた場所から見ているのにはみんな気づいていたはずですが、とくになにも言われなかったと思います。そこで見ていろとも、どこかに行けとも。

彼女たちはそれから、みんなで手をつないで輪になりました。輪は小さく縮まり、また大きく広がり、それを繰り返しながら回転を続けました。マイムマイム？　うん、そうですね。近いものがある。

ぼくはすこし離れたところに膝を抱えて座って、静かにそれを見物しました。いやもちろん、なんなんだこれはって思いました。真昼間におばあさんたちが派手なスカート穿いて踊ってるんだもん。異次元の眺めですよ。

なんだか夢みたいにきれいだったな。そうです。すごくきれいだったんですよ。踊る彼女たちと澄んだ空とが。野原の上でたくさんのスカートの色がまざりあって、見ているぼくの目の奥で新しい色がつぎつぎに生まれた。ぼくはその色たちの名前を知らなかったけど、それが素敵な色だということはわかった。

祖母たちは笑っていました。みんな、顔から口がはみ出るぐらいにまぶしい笑顔だった。彼女たちはそれからも毎日のように集まっては踊りました。ダンスにかまけているせいでしょうか、祖母は家事や畑の手伝いをいっさいしなくなりました。ほかには、夫と口をきかなくなった人がいたそうです。仕事を辞めた人もいました。老人会に顔を出さなくなった人もいました。家を出て小屋で暮らしはじめた人もいました。最初は祖母みたいな年代の女性ばかりだったけど、じきに若い女性も加わって、ダンスの輪はどんどん大きくなっていきました。

彼女たちの家族が「いったいなにを考えているんだ」とか、「バカなことはやめなさい」とか言っても、耳を貸しませんでした。殴られた人もいました。ダンスにいけないように家にとじこめられた人もいました。

町の人たちは、老いた女が踊ればいい年をしてみっともないと呆れて、若い女が踊れば嫁の貰い手がなくなると嘆いていました。それでも彼女たちは踊り続けたんです。もちろん、町中の女がダンスに加わったわけじゃない。踊る彼女たちを白い目で見る人もいました。すごく怒ってる人もね。母なんかはそのタイプ。祖母が家事や畑を手伝わないから自分の負担が増えたわけだしね、無理もない。

ねえ始さん、「誰も見ていないかのように踊りなさい」という言葉を知ってますか？　英語のテキストに出てきたんで、たぶん有名な人の言葉だと思うんですけど。

祖母たちのダンスはこの言葉をみごとに体現していました。彼女たちがなんの目的で踊っていたかって？　いや、ぼくにはわかりませんよそんなことは。

そういえば一度、ケーブルテレビの取材が来たことがあったんです。なんか、彼女たちのダンスのことが町の外の人にまで伝わって。噂が広まるうちになんだか知らないですけど「老いも若きもダンスで町おこし」的なイベントをやっているという間違った情報が伝わったみたい。

信じられないことに町の人たち、男たちです、父みたいな。彼ら、あれほど「みっともない」と怒っていたくせに、ケーブルテレビの取材が来ると信じられないぐらいはしゃいで、勝手に対応したんです。そうです、発案者みたいな顔をして。祖母たちにはいっさい話をさせずに、カメラの前で得意げに「女性がいきいきと趣味を楽しむ町」とか「女性が輝く町」とか、あと高齢者がどうのこうの、地域活性化がどうのこうのと喋ってましたよ。ものすごい面の皮の厚さだと思いません？

だけど、だけどね、始さん。祖母たちは、踊らなかったんです。カメラの前ではね。取材に来ていたケーブルテレビの人たちはとうぜん焦っていました。もちろん町の男たちは彼女たちを宥めたりすかしたり、あるいは恫喝《どうかつ》したりしてなんとか踊らせようとしましたよ。でも、踊らなかった。みんなただ黙ってじっと地面を見つめて立っていました。結局、放送されることはありませんでした。

それからどうなったか？　ぼくが祖母にスカートをプレゼントしてからちょうど一年後のことです。祖母は、施設に入れられました。車で二時間近くかかるような遠い場所にある施設です。わざと遠い場所を選んだんだと思います。

（メモ　ここでいったん中断。「お腹空いたでしょ、加納くん。これ食べて」と愛里咲が皿を手に厨房から出てきたところ。「わあ、おいしそうですね。ありがとうございます」。加納くんモリモリと食べはじめる）

いやあこのサンドイッチ、おいしいなあ。お店で出せばいいのに。始さんも食べたら？いらないの？　ぜんぶ食べちゃいますよ？

ちょっと近い、近いですよ始さん。顔が近い。いや、はやく続きを聞かせろって言われても。この話はこれで終わりです。あなたが期待しているようなクライマックスは用意されていません。あ、がっかりしてますね。始さんって思っていることがすぐ顔に出るんだなあ。

祖母が町から消えた後、踊りの輪は、すこしずつ小さくなっていきました。人が減っていったんです。祖母のように施設に入った人がいました。病気になって入院した人もいたし、亡くなった人もいた。町を出ていった人、もとの生活に戻った人もいたと思う。

町の人たちは、やがて彼女たちのダンスのことを忘れました。忘れてはいなかったかもしれないけど、いっさい話題にのぼらなくなった。どこぞの家の娘さんが妊娠したとか、どこそこの旦那が会社をクビになったとか、そういうありふれたトピックスにとってかわられた。

彼女たちが踊っていたことを語る人はいなくなった。町の女たちの一時の奇行として処理され、そして封印された。始さん、これはめずらしいことなんです。小さな町で起きた事件の噂というのは通常、住民にベロベロしゃぶられ、味がなくなるまでガシガシしがまれ、物足りなくなったら根も葉もない憶測という調味料をごてごてとまぶされてはくりかえし消費され続けるものなのです。

おそらく、多くの人々の理解を超えていたんでしょう。わからないことはこわい。こわいことは、なかったことにしてしまいたい。そんな心理が働いたのかもしれません。

祖母は去年死にました。誤嚥性肺炎だったそうです。最後に会ったのは、三年前です。その時にはもう、ぼくのことがわからなくなっていました。施設に入った後に急速に衰えたと聞いています。自力で歩くことも難しくなったみたい。車椅子に座らされた祖母は、ぼくと視線すら合わせようとしなかった。なにを話しかけてもぼんやり空中を見つめて、返事をしなかった。

でもね、始さん。ぼくは見たんです。「じゃあね、お祖母ちゃん」。帰り際にそう声をかけた時に、祖母の人差し指と中指が、膝の上で円を描いているのを、たしかに見たんですよ。これがどういう意味かわかりますか。祖母は踊り続けていたってことじゃないでしょうか。祖母の魂は自由に踊り続けていた……いや、やめましょう。違う。忘れてください。

この話はここで終わりです。

ねえ始さん。いいんですよ。ぼくのこの話に、もっともらしいメッセージを付加して「考えさせられる」小説に仕立て上げてもいいんです。問題提起しちゃってくれてもかまわない。家族愛をトッピングしてハートフル感動ストーリーに仕上げるのもいいかも。でもね、その前に一度でいいから考えてみてくれませんか。ぼくが言った「消費」という言葉の意味について。

それでもあなたはまだ、小説を書きたいと思うんですか。小説を書くという罪を抱えて生きる覚悟が、ほんとうにあるんですか？

ああ、いいんですよ。今すぐ答えようとしてくれなくていいから。すぐにわかりやすい答えを欲しがるのは弱い人間なんですって。これも誰か有名な人の言葉じゃなかったかな？

ね。だから始さん、ゆっくり考えてみてくださいね。

「スカートの乱」の文字起こし原稿は、すでに名前が置き換えられていた。つまり谷川治はこれを小説に仕立てて発表するつもりだったということだ。

加藤くん以外に読ませたことはあったのだろうか。目頭を揉みながら考える。たとえば、利根川さんとか。

お腹が鳴って、自分が空腹であったことに気づいた。集中して読んでいたせいで、わからなかった。しかし冷凍庫も冷蔵庫も空っぽだった。財布とスマートフォンと、念のためにノートパソコンを入れたバッグを持って外に出る。全国チェーンのカフェが駅構内にあり、カフェインを摂取し、頭をすっきりさせてからあらためて「スカートの乱」について考えたかった。

「加納くん」こと加藤に言われたことを、谷川治は真摯に受け止めたのではないか。欠点は多い男だが、まじめな男だ。小説を書く「罪」という言葉にたいして、なにも感じなかったはずがない。

母に泣かれた日も、瑠依は小説を書いた。次の日も、その次の日も。これを書けば、こう書けば、あの人はきっとまた傷つく。それと知りながら、「小説のためだ」と言い訳しながら書いた。自分は「小説のため」という大義名分を手に入れた瞬間に、親だろうがなんだろうが平気で蔑《ないがし》ろにする、そういう人間だと思い知った。小説を書くということはそういうことなのだ。

谷川治は、そのあたりをどう考えていたのだろう。

スマートフォンが振動している。

母だ。いつまで電話を無視しているのかと苛立つ顔が目に浮かぶ。世間に誤解されるようなことを書くなと泣く母はしかし、かつて瑠依のデビューを誰よりも喜んでいた。

さすが私の娘ね、なんて。冗談よ。

でもね、ママ、瑠依ちゃんには才能があるって信じてたの。

綿毛が舞う気配がして、瑠依は手を伸ばす。

綿毛、と呼ぶといかにも軽く、そしてかわいらしいもののように思えるけれども、それらは往々にして、棘を隠し持つ。触れれば確実に手のひらを傷つけ、血が流れる。それでも手を伸ばさずにはいられない。

考える前に、ノートパソコンを開いていた。まだ半分以上残っているサンドイッチの皿を押しやり、静かにキーボードを叩きはじめる。

星を捨てる

わたしは泥棒です。星を盗みました

「た」の脇で点滅するカーソルを、一葉《かずよ》は瞬きもせずに見つめている。朝、夫を会社へ娘を学校へ送り出し、一日の家事を終えてから「隠れ家」の椅子に腰を落ちつける。パソコンを起動させてブログの更新やＳＮＳへの投稿をおこなう。一日のうち、もっとも充実したひとときだ。

一葉たちが住む家の、二階へと続く階段の下の斜めに切り取られた空間を最初に「隠れ家」と呼んだのは、まだ幼かった頃の娘だ。ここ、ママの隠れ家だね、と。舌足らずのかわいい声で。いつのまにそんな言葉を覚えたのだろうという驚きは、いまだ瑞々《みずみず》しさをたもって一葉の胸に残り続けている。

当初は物入れにする予定だったのだが、建築士から「奥様のちょっとした家事スペースにしたらどうでしょう」と提案された。家計簿をつけたり、ちょっとした縫物をしたりするための専用スペース、という話だった。一葉はそれを聞いた瞬間にここで本を読んだり、日記をつけたりしてくつろいでいる自分の姿が浮かんだ。ささやかな、わたしだけの場所。

隠れ家にはドアがない。カーテンの仕切りがあるだけだ。つくりつけの机はちいさく、ノートパソコンとマグカップを置いたらもうそれでいっぱいになる。それでもここは、一葉だけの特別な場所だ。

専業主婦は世間で言われているほど優雅でも、暇でもない。家事をしているうちにあっというまに夕方になる。ぐずぐずしていると娘が帰ってきてしまうから、はやく今日の投稿を済ませておきたい。

わたしは泥棒です。星を盗みました。どうしてこんなことを書いてしまったのだろう。自分が書いた文章を読み返してから、削除した。図書館で借りて読み終えたばかりの人気作家の新作の感想を投稿する予定だったのに。

娘がまだ幼稚園に通っていた頃に、育児日記としてブログを開設した。数少ない読者はほとんどが子持ちの女性のようだった。娘が成長するとおおっぴらに書けることもすくなくなってきて、ある日読んだ本の感想を書いたら、いつもよりアクセス数が増えた。その本がちょうど大きな賞の候補になったタイミングだったと記憶している。「感想読みました、鋭い分析ですね」というようなコメントがいくつか寄せられていた。

読書は昔から好きだったが、まわりには共通の趣味をもつ友人がいない。夫はビジネス書しか読まない。しかしインターネットの世界では、一葉が想像する以上にたくさんの読書家に出会うことができる。レビューサイトもたくさんあるし、SNSでは名前のうしろに「@読書垢」という文字を会員バッジのようにつけている人たちもいる。一葉もさっそくいくつかのSNSのアカウントを取得し、彼らと交流をはじめた。ブログはいまや、本の話ばかりだ。こんなふうに本のことを話せるのは何年振りだろう。新しい世界の扉が開いたようだった。

『ひびのこと』

管理人　りーふ

プロフィール　日々の本とお菓子。普通の主婦です。読んだ本の感想を気ままに綴ります。おいしいものが出てくる本、やさしい気持ちになれる本が大好き。☆の数は個人的なオススメ度です。

自分のブログのトップページの文章を読み返し、そうだ、と小さく頷く。このブログは「隠れ家」同様、一葉がインターネット上につくりあげた居心地の良い空間なのだ。投稿を楽しみにしてくれている読者だってたくさんいる。星を盗んだなんてこと、打ち明けるべきではない。だいいち、あれはちょっとしたアクシデントのようなものだったのだから。

ネタバレを避けた感想を書こうと思い悩んでいるうちに、画面が暗くなっていた。そこにうつっているはずの自分の顔を見ないように、目をそらしながらマウスを動かす。スリープ状態の画面にうつった顔はすごく老けて見えるから。「一葉さんは実年齢より若く見えますね」とひんぱんに言われる自分がこんな顔をしているはずがないと思うほど老けて見える。わざわざ真実ではないものを見てショックを受ける必要などない。

隠れ家を出て、キッチンに置いた小さな鏡をのぞきこんだ。ほらやっぱり、と息を吐いて、前髪に手をやる。わたしは同世代のママ友たちと比べても、段違いに若い。このあいだ娘の服を買いに行った店の店員も「え、姉妹かと思いました。母娘《おやこ》で仲良くショッピングなんて、素敵ですね！」と言っていたではないか。

まあもちろん「姉妹」は大袈裟だしお世辞に決まっているけどね、と思える程度の客観性も、わたしは持っている。誰かに説明するかのようにそう考えながら、バタフライピーのお茶を淹れるためにガラスの茶器を棚から取り出した。

この美しく青く澄んだお茶と、その色が映えるガラスのカップとソーサーを添えて、本を撮影するのだ。本の表紙には図書館の名を記したラベルが貼ってあるから、さりげなくしおりをのせて隠す。感想には必ず、本の画像を載せる。手作りのお菓子を添えたり、マットを敷いたり、一輪挿しの花をさりげなくうつりこませたりと、趣向を凝らす。そうすると、りーふさんってセンスいいですよね、と毎回のようにほめられる。

ダイニングテーブルの上で写真を撮っていると、玄関で物音がした。娘が帰ってきたらしい。おかえり、と声をかけると同時に、リビングの扉が開いた。

高校生になってから、娘は口数がとみに減った。ただいま、というかたちに口が動いたが、声はほとんど聞こえない。かばんからお弁当箱を取り出す横顔は前髪に隠れて表情がわからなかった。

「お弁当の根菜ハンバーグ、どうだった?」

ゴボウや蓮根、人参などの根菜をみじん切りにして種に混ぜるハンバーグは、小さい頃から娘のお気に入りのメニューだった。あの頃の娘は好き嫌いが多く、野菜を食べさせるために一葉が苦心して編み出したメニューでもある。苦労の甲斐あって今では、娘に食べもの好き嫌いはない。根菜ハンバーグは、もう長いこと食卓にのぼっていなかった。

夏頃から娘が急激に太り出した。一葉は年頃の女の子に面と向かって「太ったんじゃない？」などと指摘するほど無神経な母親ではない。ただ、これまで以上にヘルシーなメニューにしてあげなければ、と決意を強くした。

「うん、おいしかったよ」

「キノコのマリネはぜんぶ食べられた？　あなた、酸っぱいのはあんまり得意じゃないかもしれないけど、肌にも良いし、お通じが」

「うん、おいしかった」

母親の言葉を遮って大きな声を出した。ぜんぶおいしかった、と早口で繰り返しながら、なにを焦っているのか弁当箱を取り落とした。楕円のお弁当箱が転がって、一葉のルームシューズのつまさきにぶつかる。一葉は無言でそれを拾い上げ、娘に手渡した。娘の眼球がせわしなく左右に動く。親と向き合うのが照れくさかったり、すこし面倒だったりする、難しい年ごろの女の子特有の視線の配りかただ。

「ありがとう、ママ」

あまり厳しくしつけ過ぎると、子どもの主体性は失われる。一葉はそのことをよく知っていたから、今までうるさく言ってこなかった。けれども「ありがとう」と「ごめんなさい」だけはちゃんと言える子に育てあげると心に決めている。

ちゃんと伝わっている。わたしの娘はこんなにもいい子に育っている。一葉はにっこり笑い、「もう自分の部屋に入っていいわよ」と鷹揚《おうよう》に告げた。

なにかを口に入れたら、たとえそれがお茶だけだったとしてもすぐに歯を磨くことにしている。色素の沈着を防ぐためだ。歯と字が汚い人間は人から信用されないし、好かれない。字が汚いと頭が悪そうに見える。一葉は子どもの頃習字教室に通っていたし、娘も五歳から公文式の書写に通わせていた。

歯を磨きながら、一葉は自分が夏頃に書いた短編集の感想を思い出している。

はじめましての〇〇さん。短編集という形式のせいか、なかなか物語の世界にうまく入り込めなかった。どの短編の登場人物にも感情移入できなかった。

特に表題作の短編のある描写には辟易させられました。全体的に雰囲気が暗いのにふわっとしているというか……結局なにを伝えたかったのか、イマイチよくわからなかった。

#りーふの読書記録 #読書好きな人と繋がりたい #本好きな人と繋がりたい

#読書 #本

作家というのはある程度の教養と知性を持ち合わせているものだと思っていたが、最近はそうでもないようだ。頭の悪い人が書いたものを読むと疲れるし、損をしたような気分になる。一葉はつまらなかった本の感想を書く時でも、なるべく穏当な言葉を選ぶようにしている。星の数だってかなり甘めにつけている。大好きな□□の本は、基本的に星五つだ。

　でも○○の本はまるでだめだ。なにがテーマで、どんなメッセージをこめたのか、さっぱりつたわってこなかった。感想はかなりマイルドにぼかしてあるが、苦手を通り越して気持ち悪いとすら感じた。

　他の読者の感想を検索して読んでみた。感想は人それぞれなのだけれど、自分以外の人が大絶賛していると、なんだか落ち着かない気持ちになるから。

　残念ながら○○はあまり読まれていない作家であるらしく、ほとんど感想は見つけられなかった。ずいぶん前のインタビュー記事がヒットしただけだった。一葉は○○の画像をしばらく眺めて、誰かに似ていると

「匙小路さん」

背後から名を呼ばれ、それが自分の名前だということは認識できたのだが、振り返ると

いう動作をするには至らなかった。わかっているのに身体が動かない。瑠依の身体は今ここにあるが、心は小説の世界にある。

「匙小路さん」

肩を叩かれてようやく、振り返ることができた。由良子が、やや青ざめた顔で立っていた。外から、窓際の席に座る瑠依の姿を見つけて入ってきたのだという。

「なにか書いてましたね?」

由良子が隣の椅子を引いて腰を下ろす。

悪びれることなく、瑠依は「書いてた」と認めた。由良子は瑠依の保護者ではないし、保護者であったとしても止めることはできない。ひとたび綿毛をとらえたら、瑠依はもう書かずにはいられない。由良子もそれを知っているから、静かに頷いただけだった。

「隣に座っていても、だいじょうぶですか?」

なにかあった時のために、隣で控えているつもりなのだろう。

由良子の膝に、モチラが座っている。短い脚をぷらぷらと揺らし、由良子と同じ心配そうな表情で瑠依を見上げていた。

「いいよ」

飲みものを買ってきます、と由良子は立ち上がる。モチラがテーブルによじのぼるのを見届け、瑠依はふたたび、キーボードに向かって続きを書きはじめる。

誰かに似ていると思った。しばらく考えて、△△だ、とわかった。△△は歴史小説の大家と呼ばれており、十年以上前に亡くなったが、いまだにファンも多い。もっとも公の場には姿を現さない作家として知られていた。担当編集者など、ごく近しい人物しか顔を知らない。

○○本人のＳＮＳアカウントも発見した。投稿を眺めているうちに、一葉は気づいた。同じ市に住んでいるどころの話ではない。○○は川を渡った先の町に住んでいる。

川の向こうには、ふだんはあまり行かない。川を挟んだこちら側とあちら側で、まるで世界が違う。こちら側は再開発のおかげで駅周辺の道路も整備され、真新しいマンションが立ち並ぶ品の良い町だが、あちら側はまるで時代に取り残されたような佇《たたず》まいだ。長屋じみた古いアパート、ごちゃごちゃとひしめきあうように建っている商店街。パチンコ屋も多いし道路にはたくさんゴミが落ちているしで、いかにも不潔な印象がある。ガラの悪い住人が多くて、娘の小学校でも中学校でも問題を起こすのはあちら側の子だと決まっていた。
○○はインタビューで、生まれ育った家に今も住んでいること、飲食店だが店内に古い小説の本がたくさん並んでいて、それを読んで育ったせいか自分もごく自然に小説を書くようになった、というようなことを語っていた。飲食店、とぼかされてはいるが、スナックだ。現在は妻がその店をやっている。
妻なる女には、すこしだけ興味をひかれた。小説家の妻というのは、いったいどのような女だろう。献身的に夫をサポートする女。あるいは、夫にインスピレーションを与え続けるミューズ的な存在。これまで数々のフィクションで出会った「小説家の妻」は、たいていそのどちらかだった。

夏にあの店に行ったのは、と思いながら、洗面所の鏡に向かい、歯を磨き続ける。口内に溜まった泡を吐き出すと、すこし血が混じっていた。薄赤く染まった泡が、磨き上げた洗面台の曲線をなぞるように流れ落ちていく。

好奇心で見に行ったわけではない。自分はそんなミーハーな人間ではない。

軒先に木製の星のオーナメントがいくつもぶらさがっていて、見上げているうちに一葉の眉間には深い皺が刻まれた。なにこれ、センスゼロって感じ。これじゃあ、まるでクリスマスじゃないの、まだハロウィンも終わっていないのに。

「準備中」の札がかかっているドアから女が出てきた。○○の妻だ。想像していたよりずっと背の低い女だった。一葉に気づくと、ガラガラした声で「なにか御用ですか」と訊ねた。不審者を見るような目を向けられて、一葉はひどく不快だった。いいえ、と答えると、肩をすくめて店の中に戻っていった。

知性のかけらもなさそうな顔をした女。一葉は帰り際、星のオーナメントをひとつむしりとり、ワンピースのポケットにつっこんだ。それは今もクローゼットの奥の、夏ものの スカートのポケットに入ったままだ。そうだ返しにいこう、と一葉は思う。そうしたら盗んだことにはならない。

一葉はポケットから星のオーナメントを取り出し、ハンカチに包んだ。

夫は昨日の晩もまた、一葉が眠っているうちに帰ってきたようだ。

朝食を用意しても「食欲がない」と言ってほとんど手をつけない夫のために、一葉はコーヒーを淹れる。

「また夕飯、食べなかったの？」

キッチンでコーヒー豆を挽きながら、リビングにいる夫に声をかける。朝起きてすぐにたしかめたが、冷蔵庫に用意していたつくりおきに手をつけた様子がなかった。

返事はない。キッチンカウンター越しにのぞくと、夫は真剣な顔でダイニングテーブルに広げた新聞を読んでいた。

家を買った直後に本社に栄転になった夫は、通勤に二時間かかる。仕事内容は「説明しても、たぶんわからない」ほどに複雑だという。残業も多い。しかしそのことに不満や愚痴をもらすわけでもなく、粛々《しゅくしゅく》と働いている。口数は少ないが、いい人と結婚したと思う。夫のおかげで一葉は働かずに済んでいる。心から感謝している。

一葉は帰りの遅い夫のため、冷蔵庫に何種類ものおかずをつくりおきしている。それは妻として当然のことだ。夜遅い時間に帰ってきて高カロリーなものを食べるなんて、身体にいいわけがない。自然と、葉野菜の和《あ》え物や蒸した白身魚、鶏むね肉を使った料理が多くなる。どれもあたためなおせばすぐに食べられる状態にしている。

夫がようやく顔を上げる。朝の夫は、とくに朝刊を読むために老眼鏡をかけている時は、とても老けて見える。前はまめに使用していた白髪染めも「めんどうだから」と使わなくなった。

「夕飯、食べなかったのね？」

ぼんやりしている夫に、もう一度同じ質問をする。夫はのろのろと頷いた。

「会社の近くの店で済ませたから」

会社の近くの店。どうせラーメン屋とか、量だけがやたら多い定食屋とかなんでしょう、と心の中で呟く。それかチェーンの居酒屋とか。

「ママ」

夫が老眼鏡を外して、新聞の上に置く。夫は娘が生まれてから、一葉をママと呼ぶようになった。

「前にも言ったけど、ぼくの夕飯の用意はしなくていいから」

食べられなくてもったいないし、ママだって大変だろうし、と言葉を重ねる。夫のまばたきが増えるのは、言いにくいことを言っている時だということは知っている。「大変だろうし」と一葉を気遣う夫の眼はとてもやさしく、ほとんど悲しそうにすら見えた。

「ぜんぜん大変じゃないのよ、これぐらい」

一葉はちいさく肩をすくめる。

「いや、でもね」

「これぐらい、ほんとうになんてことないんだから」

これぐらい、を強調し、コーヒー豆を挽く作業に戻った。夫がまた口を開きかけてやめたのを、視界の端でとらえる。

「おとといの白和えは、もうだめね」

声に出して言うことで、料理を捨てる罪悪感を紛らわせることができる。夫と娘を送り出してから、一葉は保存容器のなかみをチラシの上で掻き出し、慎重に包む。ゴミ箱の底にポテトチップスの袋が畳んで捨てられているのが見え、でもそのことには気がつかなかったふりをした。「激辛」の文字にも、いかにも毒々しい赤色で描かれた唐辛子の絵にも。

気づかなければ、見なければ、それはなかったことになる。

きみの文章には冷静な視点と深い洞察力がある。高校二年の夏、文芸部の顧問だったある先生にそう言われた。文芸部といっても意欲的に創作活動をしていたわけではない。本を読んで感想を書き、それを図書室に掲示したり、小冊子にまとめたり、その程度の活動だった。

先生は背が高く、彫りの深い顔立ちをしていた。フレームのない眼鏡をかけて、背を丸めるようにして物憂そうに歩く癖があった。彼はときどき、一葉を「未来の女流作家」と呼んだ。

先生が「きみにだけ、とくべつだよ」と一枚の写真を見せてくれたことがある。黒縁メガネをかけた白髪の男性と先生が並んで写っていた。△△先生だよ、と、とっておきの秘密を口にするように先生は囁《ささや》いたが、一葉は当時、その歴史小説家の名を知らなかった。わたしこの人、知りません。正直に打ち明けると、先生は微笑んだ。憐れむように、愛おしむように。先生は歴史作家に「私淑《ししゅく》している」と言っていた。自分もいつか小説を書こうと思っているのだと。「誰も知らない」と言われる歴史小説家の容姿を一葉が知っているのは、そういう理由からだった。

一葉は昔から友人たちが言う「読書感想文をどう書いていいかわからない」という言葉

の意味がまったく理解できなかった。

「思ってることをそのまま書けばいいんだよ。なんか特別なことを書かなきゃいけないって思いこんでるんじゃない？　そのまま、読んで思った素直な気持ちを言葉にすればいいの」

一葉がそう言っても、彼女たちはぽかんとした顔で見つめ返すだけで、その時はじめて「誰もが自分と同じことができるわけではない」と知った。

同級生たちが幼く見えた。おしゃれと男の子のことでちっちゃな頭をいっぱいにしている彼女たち。先生と本の話をする時だけが、心落ち着く時間だった。

同級生と話が合わなくて、と打ち明けると、先生は「きみは精神年齢が高いからね」と苦笑していた。その顔が好きだった。先生が学生時代からあたためてきた小説の構想を聞くのも。壮大な物語だった。先生には教養と知性に加えて、才能があった。

先生は「きみも書くべきだ」と言った。一葉はそのたび、笑ってごまかした。自分にそんなものが書けるとは思わなかったから。わたし、そんなに身の程知らずじゃありませんよ、と言いたかった。先生が自分の小説家としての芽を見つけてくれたことは、ほんとうに嬉しかったけれども。

小説が好きで、それなりに読んできたという自負がある。だからこそ、へたくそな小説に出会うと苛々する。身の程を知りなさい、と言ってやりたくなる。恥ずかしいとは思わないのかと。〇〇もそうだ。どうしてあの程度の文章力で小説を書こうなんて思えるのだろう。どうして自分が数多の優れた作家の仲間入りができるなどと、勘違いできるのだろう。

『スナック　◎◎』
★☆☆☆☆
店主らしき女性の愛想が悪い。作家の奥さんらしいのですが、なんだかずいぶん横柄な人でした。再訪はしません。

一葉は訪れた店、読んだ本、観た映画、すべてにレビューを書き、投稿する。言語化することに意味があると思っているし、それをシェアすることで人の役にも立っていると感じる。

ほめるべきところはほめて、指摘すべきことはしっかりと指摘する。それが相手のためにもなる。子育ても、常にそういう姿勢で取り組んできた。自分の子どもだけではなく、他の子どもにたいしても時に厳しい目を向けてきた。

娘が八歳の時、授業参観日で、合唱を聞かされたことがあった。歌と歌のあいだに朗読劇のようなセリフのやりとりが挿入されていた。三学期の半ばのことで、体育館に集まった保護者は足元から這い上がる冷気に耐えながら鑑賞しなければならなかった。

小学生の集団になにかさせると「できる子」と「できない子」の差が残酷なまでに浮き彫りになる。朗読劇も合唱も、へたな子ばかり目についた。どうしてその程度で自信満々なの？　恥ずかしいとは思わないの？　こんなクラスにいるあの子がかわいそう、と思ったら涙が滲んだ。

娘はなんでもそつなくこなす子だった。それだけでなく、とても心がやさしい。きっと、いつもああいう「できない子」のフォローをさせられているんだろう。想像するだけで胸が痛む。

「今日来ていただいている保護者の皆さんに感想を聞きましょう」

発表が終わると、担任の先生は満面の笑みでそう言った。

「自分のお父さんやお母さんに感想を言ってほしいという人はいるかな〜？」

彼女は元気よく手を挙げる子どもたちをつぎつぎと指名していった。あてられた子らの親はきまり悪そうに「がんばっていたと思います」「よかったです」などと、不明瞭な発音で気の利かないコメントをしていた。

なるほど親が親なら子も子だ。わたしならもっとうまく言える。上手に子どもたちの良い点を挙げた上で、改善したほうがいいポイントをうまく伝えられる。じりじりしながら娘に視線を送ったが、娘はただの一度も手を挙げなかった。どうしてだか、今にも泣き出しそうな顔で、床を見つめていた。

もう十月も半ばを過ぎたのに、今日はうんざりするほど気温が高い。吹く風は冷たいが、日差しはちりちりと皮膚を焼く。橋の向こう側から自転車に乗ってやってくる男は半袖にサンダル履きだ。暑いのはわかるけど、と思う。わかるけど、わたしならそんなだらしないかっこうはしない、と。いくらなんでも季節感というものがある。一葉は毎年九月を過ぎたらどれほど気温が高くても長袖のブラウスを着こみ、ブーツを履く。

例のスナックの前にやってきた。店構えを今いちど眺めてから、ドアを押して入った。

「まだ準備中なんだけど」

あいかわらず元気の良い、そして品のない声がカウンターの奥の厨房らしき場所から聞こえてきた。すみません、と声をかけると、女が出てきた。

「あら、このあいだの」

女は一葉のことを覚えているようだった。よく見ると、かわいらしい、と言えなくもない。小動物のようだ。小さくてふわふわの、かわいそうでいたいけな小動物。

ハンカチの包みを開き、カウンターに星のオーナメントを置いた。

「これ、歩道に落ちてました。こちらのお店のものでは？」

女は「あら」と目を見開いて、星を手に取る。

「そうですか……落ちてましたか。ありがとうございます」

商品を受け取って、それから「あの」と顔を上げる。息を吐いて、用意してきたひとことを口にした。

「ご主人、大丈夫ですか？」

「え？」

女の目がなおいっそう、まんまるに見開かれる。


——小説を書く意味と覚悟について、あらためて考えてみたい。
○○のSNSはその投稿を最後に今日まで途絶えている。一葉が○○の短編集に星ふたつのレビューを書いた翌日のことだ。
一葉のレビューには十件を超えるコメントがついた。「じつはわたしも○○さん苦手。同じ感想の人がいて安心しました」「あいかわらず的確なりーふさんのレビュー。そう、なんか暗いんですよね」「この作家前に一冊読んでるけど印象に残ってない」「はじめまして。○○さん、私も苦手です」

ひとつひとつのコメントを読むたびに一葉の中でなにかがはじけた。たとえるなら、ぶどうの粒のようなもの。ぷちんと皮が割れて、甘い汁がしたたる。うっとりするほど甘く、一葉を恍惚《こうこつ》とさせる。自分の声が多くの人に届くということは、肯定されることは、なんて気持ちがいいんだろう。

〇〇が熱心にエゴサーチしていることは、読書アカウントのあいだでも有名だった。いちいち引用しては傷ついただの悲しいだのと大騒ぎして、みっともないことこのうえないと評判だ。一葉たちは「傷つくぐらいなら見なきゃいいのにね」「公に作品を発表している以上、気に入らない意見も参考に受け止めるぐらいの気概がなきゃいけないと思う」とメッセージを交わし合った。だから、わたしは悪くない。一葉は強く思う。作家が否定的な感想程度のひとつやふたつにいちいち心折れてどうするのか。

でももし、自分の感想を目にした〇〇が落ちこんでいるのなら、ひとことフォローしてあげたい。期待しているからこそ厳しいことも言うんですよ、とか。だって自分のせいで〇〇が断筆するようなことがあれば、寝覚めが悪いから。

「大丈夫って、いったいなんのことですか？」

ぽかんとしているこの女は、知らないのだ。自分の夫が置かれている状況を、なにひとつ。一葉のレビューがきっかけで〇〇はSNSも更新できないほど、もしかしたら小説を書く気力さえ失っているかもしれないというのに。

ふいに〇〇への同情心が湧きおこった。おろかな妻をもった男は苦労する。

幼い娘の書写のおけいこにつきあっていた頃を思い出しながら、ひとつひとつ教えてやった。女の夫の作品がネット上でこきおろされているということ。〇〇はおそらくそのことを気に病んでいるのではないかということ。自分ではなく「熱心な読書家の友人」が心配している、という態で伝えた。友人は自分がよかれと思って書いた率直なコメントがひとりの作家に筆を折らせてしまうのではないかと気にしている、と。

「筆を折る……そうですか、なるほど」

女が大きく息を吐く。声がわずかに震えている。ああ、やはり教えてあげてよかったと安堵する一葉の目を、女はまっすぐに見て、「では、お友だちに伝えてください」と告げた。

「うぬぼれすぎでは？」

「え？」

二の句が継げずにいる一葉をよそに、女は目を閉じ、首を左右にひねりながら「うーん、うぬぼれとはちょっと違うのかな。勘違い、かもしれない」などとぶつぶつ呟いている。

「勘違い、って、あの」

「や、だって。なぜ彼があなたの感想を読んで筆を折るんですか？」

いえわたしじゃなくて友人が、と訂正したが、相手はまるで聞いていなかった。

「ははは」

大きく口を広げて笑う、そのあいだも、作家の妻の視線は一葉に鋭く向けられたままだった。まるで猛禽《もうきん》類の目だ。見られているだけなのに、身体がすくんで動けない。呼吸さえままならない。視線がするどい爪のように皮膚に食い込んでくる。どうしてさっきは小動物みたいだなんて思ったのだろう。

「そんなの、わたしにも無理だと思いますよ。勘違いしないで。あのね、書きたい人から『書くこと』を奪うなんて、誰にもできないの。それは、誰にも奪えないものなの」

誰にも奪えない、と女は繰り返す。

「それって、才能とかそういうのとは違うんですよ。なんていうか……」

なんていうか、なんなのだろう。女は目を閉じて、言葉を探している。はやく続きが聞きたかった。死んでも聞きたくない気もした。

「夫は、『書くこと』につかまった人なんです。そういう意味ではかわいそうだと思う。呪われてるようなもんだから」

女はカウンターから大きく身を乗り出した。

「だから、お友だちに伝えてください。あなたが心配しなくても、だいじょうぶですよって」

ぷは。間の抜けた音が聞こえた。自分が息を吐いた音だと気がついたのは、ふらふらと店を出てからのことだった。

きつい日差しが一葉のつむじをちりちりと焼いた。対照的に、ブーツの中の足の指は冷えて縮こまっている。汗を拭こうとして、カウンターの上にハンカチを忘れてしまったことに気づいて振り返ろうとしたら、身体がふらついた。なんとか体勢をととのえようとしてさらにバランスが崩れ、黄色いネットをかぶせられたいくつかのゴミ袋のうえに尻餅をついた。なんてぶざまなんだと頬がかっと熱くなる。全身の力が抜けてしまって、どうしても立ち上がることができない。

自転車に乗った女子高生の一団が、何がおかしいのかけたたましい笑い声を上げながら目の前を通り過ぎていった。みなヘルメットをかぶらず、ストローを刺した紙パックのジュースを飲んだり菓子パンを齧《かじ》ったりしている。そのうちのひとりが自分の娘だったことに、一葉は声も出ないほど驚いた。信じられない。あの子が、そんな。

確かに目が合ったはずなのに、娘はぴくりとも表情を動かさずに一葉から顔を背けた。遠ざかっていく自転車を縋《すが》るように目で追う一葉の視界の隅に、赤いものがちらついた。目を凝らすと、半透明のゴミ袋越しにスナック菓子のパッケージが見えた。昨晩夫がこっそり食べてこっそり捨てた、あのパッケージと同じものだ。

家のゴミ箱でそういったものを見つけたのははじめてではなかった。スナック菓子の箱、ファストフードの紙袋。コンビニの名の入った包み紙にはべっとりと油染みがあった。夫が夕飯のつくりおきに手をつけないのは、「外で食べてきたから」ではない。一葉の料理を食べたくないからわざと外で食べてくるのだ。夫の実家の味付けはとても濃い。姑は醤油やめんつゆをじゃぶじゃぶ使う。ああいう味付けに慣れているから、一葉のつくる料理の良さを理解できない。あげく、こっそりスナック菓子を食べたりする。小さく折りたたんでゴミ箱の底に隠すように捨てればばれないと思っている。気づかれないと思っている。妻を見くびっている証拠だ。

ママはああいう人だから。いつか聞いた夫の声が蘇る。娘の部屋から聞こえてきた。娘は泣いているようだった。なぜ彼らが自分のいないところで自分について話していたのか、一葉にはわからない。わかりたくもない。

許せない。わたしがこんなにがんばっているのに。家族のことを思っているのに。夫は書斎を持っている。娘には自分の部屋がある。彼らはなぜ、平気でいられるのだろう。誰よりも家族のために尽くしている妻が、母が、あんな階段下のスペースに押しこまれていることに、なにも疑問を持たずにいられるのだろう。建築士が「家事スペース」の提案をした時、「いや、妻にもちゃんと自分の部屋が必要です」と夫は断るべきだった。結婚する時に「幸せにする」「大切にする」と約束した彼には、そうする義務があった。扶養されている側の一葉からはそんなことは要求しづらいに決まっているのだから、夫はそれを察するべきだった。

許せない。平気な顔で稚拙《ちせつ》な作品を発表できる作家が許せない。星の数が少ないからなによ。わたしなんか、どんなに頑張ってもありがとうの言葉すらない。星ひとつもらえない。

「ねえ」

頭上から声が降ってきた。おそるおそる目を上げると、女がのっそりと立っていて、悲鳴を上げそうになる。

「忘れもの」

女は、ハンカチをぬっと突き出す。もう片方の手を差しだすかどうかで逡巡しているように見えた。つまり、一葉を助け起こそうかと迷っているように。

ずいぶん長い時間が過ぎたように思えた。実際には、ほんの数秒だったのかもしれない。

結局、その手が差し伸べられることはなかった。女の手はポケットにつっこまれ、ふたたび現れた時には星のオーナメントを握っていた。

「これ、あげる。欲しかったんでしょ」

ああ、とも、うう、ともつかない声が一葉の喉の奥から漏れた。女はハンカチを地面に置き、その上にオーナメントをのせ、店の中に戻っていった。

星を手に取る。握りしめると、手のひらに角があたって痛かった。

幸せになると書けないんだよ、とくに女性はね。

先生が、そう言っていた。「優れた小説家の優れた作品はすべて不幸な境遇で書かれている」とも。彼らは魂を削って書いているんだ、だから文学になりえるんだ、などとも。

だからね、きみもいろんな経験をしなくちゃいけないよ、と一葉の肩にじっとりと汗ばんだ両手をのせた。小説を書くために、きみはたくさん痛みを覚えなきゃいけない。たくさん泣かなくちゃいけない。恋をしなくちゃいけない。

才能のない小説家はみじめだ。常に自分より才能のある人間に囲まれ、もだえ苦しみ、無様な文章を晒《さら》して恥の上塗りをする。わたしは身の程をよく知っていた。小説家になろうなんて大それたことは考えなかった。だからこうして平凡な幸福を手に入れたのだから、みじめでなんかあるはずがない。

先生は一葉にありとあらゆるものを与えた。文学の知識、女として愛される喜び。与えた後に、すべて奪った。

卒業後に連絡が取れなくなった時、これもまた先生の言う「いろんな経験」に含まれるのだろうかと考えていた。数年後に、先生が女子生徒を妊娠させたという噂を耳にした。かつての同級生たちは彼を「前から気持ち悪い人だったもんね」「変態」と馬鹿にした。一葉は微笑んで、なにも言わなかった。その時にはもう、すべてなかったことにしていたから。

先生が一葉の中に見出した才能は奪われた。先生の裏切りによって。あるいは結婚によって、出産によって、育児によって、積み重なっていく平穏な日々によって。

誰にも奪えない。

頭の中であの女が叫んでいる。うるさい。下品な声、出さないで。

誰にも奪えない。その言葉は、一葉に希望をもたらさない。今更そんなこと言われたって、ただ暗い穴の中に突き落とされたような不安が広がっていくだけだ。

橋にさしかかった時、スマートフォンが短く鳴った。

今どこ？　そう書いてある。娘からのメッセージだ。帰宅したら母親がいなかったから、心配になったのだろうか。ではさきほど自転車で通り過ぎていったのは、娘ではなかったのだろうか。制服も同じだったし顔も背格好もそっくりだったし、乗っていた自転車までよく似ていたけど、別人だったのだろうか。

いや、そうに違いない。別人に決まっている。だって娘は自転車に乗りながらものを食べるような行儀の悪い子ではない。ギャハハなんて品のない笑い声をあげたりはしない。あの子はいい子。とってもとっても、いい子だもの。

橋を渡り終える頃には、ずいぶん気持ちがしっかりしてきた。さっき橋の向こう側で見たものも聞いたものも、ぜんぶ悪い夢だったような気がしてくる。

今日は夏みたいに暑かったから、と呟いて額の汗をハンカチで押さえる一葉の口元には笑みが浮かんでいる。

暑さのせいで、寝てもいないのに悪い夢を見てしまった。

みじめ、だなんて。どうしてそんなことを考えたんだろう。

わたしはこんなにも幸せなのに。

小説を書きたいなんて、小説家になりたいなんて、ただの一度も思ったことはなかった。

なかったはずだ。急いで帰らなければ、娘が待っているのだから。

　今夜も疲れて帰ってくるであろう夫のために、腕によりをかけて夕飯の用意をしなければ。押しつけられた星のオーナメントを握りしめたままだったことに気づいて、一葉は立ち止まる。すこし悩んでから引き返し、橋の上から放り投げた。とぷん、というかすかな音が聞こえた。水面にまるく波紋が広がり、つかのま水が濁り、けれどもそれは、ほんの一瞬のことだった。

　これでよし。

　手のひらに残るこの赤いあとも、そのうち消える。一葉は口元にやわらかい笑みを残したまま、家路を急いだ。


　由良子は、瑠依が「まだ下書きだけど」と渡した「星を捨てる」の原稿から目を上げて、

「これ、例の利根川さんのところの原稿ですか？　結婚をテーマにっていう」と訊ねた。

「そういうわけじゃないけど。ちょっと浮かんだから。え、ぜんぜん結婚の話じゃないと

かるのだろう。

思うけど。どうしてそんなふうに思ったの？」

「だってこれ、あなたのお母さんの話ですよね」

とっさに返事ができなかった。どれほど細部を変えても、本人を知る人間なら読めばわかるのだろう。

母の若い頃の夢は、小説家になることだったという。読書が趣味で、作文が得意だったのだそうだ。瑠依にも、ごく小さい頃から読書の習慣をつけさせようとした。夏休みの宿題に読書感想文が出されると、母は「ぜったいにコンクールで賞をとりましょうね」と瑠依の肩を抱いた。夏休みのあいだじゅう、原稿用紙が真っ黒になるほど何度も何度も書き直しを命じられ、最終的にほとんど母が書いたものを毎年提出することになった。

瑠依のデビュー作を読んだ母の感想は「すごいね。でも、お母さんだって書けたのよ」だった。

文章を書くとみんなにほめられた、みんなに期待されていた、だけどわたしは小説の道をあきらめたの、だって結婚したから、あなたのお母さんになったから、家族のために夢をあきらめたの。

母は今でもたくさんの小説を読む。市立図書館に通いつめ、時には新刊の予約をし、熱心に読み、その感想をブログに綴る。もう二十年ほど続けているようだ。

お父さんのことを好きだったから結婚したわけじゃない、そういうものだと思っていたから結婚した、と主張する母は、瑠依が作家になってはじめて心から「よかった」と思ったのだそうだ。ああよかった、あきらめたはずの夢を娘が叶えてくれた、産んだかいがあった、結婚してよかった、と。

だが母は、瑠依ではない。瑠依は母ではない。瑠依が作家になっても、母の夢が叶ったことにはならない。

由良子はコーヒーカップを持ち上げてから空になっていることに気づいたようだった。瑠依のコーヒーカップをのぞきこみ、それから「コーヒーではなく、お酒を飲みませんか」と提案してきた。

「いいね」

ノートパソコンを閉じて外に出る。足が自然と瑠依のマンションに向いた。

「聖小路さん、私はね」

手際よくワインの栓を開け、皿を出したりチーズを切ったりする合間に由良子は言った。

「あなたの小説を読むと、いつも傷つくんです」

小動物の鼓動に似た音を立てて注がれる黄金色の液体を見つめながら、瑠依は由良子の話を聞いた。

「はじめてあなたの小説を読んだのは、まだ結婚していた頃でした。夫から離婚を迫られて……あ、理由、知りたいですか？」

由良子はこれまで、個人的な話を一切しなかった。だから瑠依も訊かなかった。

「べつに。言いたくないなら言わなくていい」

「じゃあ、話しません。とにかく私は疲れ果てていて、声を上げて泣き出したいぐらいにさびしくて、どうしていいかわからなくて……それで、どうしてですかね、ある日書店に立ち寄って、どうしてだか、あなたの小説を手にとった」

匙小路ルイ。ふざけた名前だと思ったという。

「タイトルも装丁もいかにも女性向け、みたいなかわいらしい感じで。どうせやさしげなひらがなが多めの文体で、あなたはひとりじゃない、わたしがあなたの痛みに寄り添う、みたいな毒にも薬にもならないような小説に違いないと思いました」

とても失礼なことを言って、由良子は乾いた笑い声を上げた。

「で、どうだった？」

「そうですね。どっちかというと、あなたはひとりぼっちだ、ということが書かれてました。傷つきました」

「ごめんね」

「悪いと思ってないでしょ」

由良子はお見通しだと言いたげに鼻を鳴らし、かまわず話し続けた。

「でも最近、あらためて思います。すべての小説は人を傷つけるものなんだって。書くほうも読むほうも。無傷では済まない、そうでしょう？」

「書くほうも？」

「だってあなたは、書くたびに傷だらけになっているじゃないですか」

小説を書く能力は神さまからのギフトだ、と言ったのは誰だったか。ごく最近、誰かにそう言われた気がするのだが、よく思い出せない。だから小説家は読者に尽くさなきゃならないんだと。

「傷つくぐらい、たいしたことじゃない。そうでしょ」

「でも人を傷つけようとして書くのは違うと思います」

自分は母を傷つけたかったのか。そのために、これを書いたのだろうか。そうだとも、そうではないとも言いかねる。うつむくと、モチラが瑠依の足にぎゅっと両腕をまわしていた。やわらかそうな身体がわずかに震えている。なにかを伝えたがっているようだが、瑠依にはわからない。鳴り出したスマートフォンを、助け船のように感じてそそくさと手にとったが、見覚えのない番号が表示されていた。すこし考えて、電話に出る。

「匙小路先生ですか？　金剛書店の金剛です」

「ああ、どうも」

「町内会の会報見つかりました」

金剛しおりは興奮しているのか、声が上擦っている。すぐにＰＤＦで送る、と言われ、瑠依は丁重に礼を言って電話を切った。

「なんですか？」

怪訝な顔の由良子にことの次第を説明すると、自分も読んでみたい、と言い出した。

「谷川さんの、あの妻が書いたってことですよね。よく谷川さんの小説に出てくる、あの」

「そう、あの」

あの、と言ってから、瑠依は実際の愛里須のことをよく知らないことに気づいた。谷川治の小説を読んで知った気になっているだけなのだ。

ノートパソコンを開き、金剛しおりからのメールが届くのを待つ。緊張のせいか、あるいはそれ以外の感情のせいかはわからないが表情をこわばらせて画面をのぞきこんでいる由良子の顔がすぐ横にある。

焼き上がるまで

1　グラタン皿に有塩バターを塗ります。にんにく一かけをすりおろして、これもまた皿に塗ります。

こんにちは。あたしの名前は愛里須です。たまに「それって源氏名でしょ？　本名を教えて」なんて言うひとがいます。でもこれ、れっきとした本名です。谷川愛里須。住民票を見せてあげてもいいですよ。

自己紹介からはじまるレシピなんてはじめて、というかたも多いでしょう。でも、どこの誰なのかもわからない人間のレシピで料理をつくる気にはならないいんじゃないかなと思いまして。だからまず、あたしはけっしてあやしい者ではありませんよってことを、みなさんにお伝えしようと思いました。でも「あやしい者ではありません」って、基本的にすごくあやしい人間が口にするセリフですよね。

この町内で『文学スナック　真実一路』という店をやっております。ご存じだったらうれしいんですけど。このたび町内会長から「町内会の会報の隅に載せるから、かんたんな料理のレシピをちゃちゃちゃっと書いてくれ」と頼まれて、引き受けることになりました。うちの店、酒より飯がうまい、なんて評判でございましてね。

もちろん「ちゃちゃちゃっと？　ハハン、言ってくれるじゃないの」と思わなかったと言ったら嘘になります。みんなが自炊をはじめたらお客さんが減っちゃうよ、という心配や不満もあります。でもいろいろ思うところあって、引き受けました。

初心者でも「つくってみようかな」と、その気にさせるレシピ。町内会長はそういうレシピをご所望です。でもね、これ普段お料理する人ならわかってくれると思うんですけど、初心者が読んで理解できる「かんたんな料理のレシピ」を書くって、とっても難しいことなんです。レシピって、とても簡潔な文章で書かれているでしょう。簡潔すぎてはじめてお料理する人はわからないのよね、「塩少々」や「しょうが一かけ」がどのぐらいとか、「肉の色が変わったら」っていったいどういう状態のことなのかとか、そういうことが。

そこでひとつ、あたしが考える真の「初心者向け」のレシピを書いてみようじゃないか。そう思い立ったわけです。あなたは「1」の文章を読んで、どうやって「グラタン皿にバターを塗る」のか、具体的にイメージできましたか。この作業はトーストにバターを塗るのとはわけが違います。どう違うのか、今から説明しますね。まず、冷蔵庫からバターを取り出しておく。そうね、十五グラムぐらいかな。はかりを持っていないんだったら、今すぐご町内のミネタ電器に買いにいってくださいね。閉まっている時間帯にこれを読んでいる場合は、駅前の喫茶まーがれっとのモーニングセットについてくる、あの金色の紙に包まれた四角いバターがあるでしょう、あれぐらいの量だと思って。小皿にのせて、しばらく流しの端にでも置いといて、すこしやわらかくなるまで待ってね。待てないからって電子レンジにかけてはいけません。ぐるぐるまわったあとの虎みたいにどろどろに溶けてしまうから。パン用のマーガリンでもいいかな、と思った人へ。いいですよ、いいですけど、とうぜんのごとく味も風味も違う、ということだけはお伝えしておきます。

やわらかくなったら、そのバターをグラタン皿にのせて、ラップフィルムをくちゃくちゃに丸めたものをつかって塗り広げます。どうしてこの作業が必要なのかというと、あとでオーブンで焼く時に焦げつきをなくすため。バターの香りで風味も良くなります。続いてにんにくをすりおろして同じように塗ります。にんにくをすりおろすのがめんどうだったらチューブのやつを買ってきてね。

指に匂いがうつっちゃうのがイヤなら、ビニール手袋をすればいい。まあ、それでもちょっと、どうしたって匂いはついてしまうんですけど。でもにんにくは、ぜったいにぜったいに省略しないでください。

バターがやわらかくなるのを待つあいだ、またすこしだけあたしの話をしましょう。あたしがこの町にうつりすんだのは、もう十年以上も前のことです。ひょんなことからママと仲良くなって、働きはじめて、その後ママの息子の治ちゃんと結婚して今に至る、というわけです。

　客商売をしていると、よく「これまでに、さぞかしいろんな苦労があったんだろうね」なんて訳知り顔で言う人がありますす。夜働く女にはもれなく仄暗《ほのぐら》い過去があるとでも思っているのね。そうであってほしい、と期待する気持ちもあるんでしょう。人は物語を欲する生きもの。ご期待に添うべく、伏し目がちに「まあ、ね……」なんて意味ありげに呟いてみせたり、架空の打ち明け話をしてみたりした時期もあったけど、ある時からそういう小芝居がばかばかしくなっちゃって、訊かれた時には真実を話すようになりました。

　いたって平凡な生い立ちで、話すとたいていがっかりした顔をされます。あたしは会社員の父とパートタイマーの母のもとに生まれた次女で、右利きで、血液型は日本人にいちばん多い型で、公立の小中学校を経て私立の女子高、付属の短大へと進み、そのあと信用金庫に数年勤め、それからひょんなことから『文学スナック　真実一路』で働くことになった。ただそれだけの、仄暗い過去なんかひとつもありゃあしない女です。出身地はとある地方都市とだけ言っておきましょう。いいところですよ。大雪が降ることもなければ地震もめったにない、台風は来るけど毎年そんなに被害があるわけでもない。国道沿いに全国チェーンの店がいくつも並んでいるような、そういう。

　あ！　このタイミングでオープンを百八十度、三十分予熱しておきましょうね。ここ大事。すごく大事なことだから最初に書いておかなきゃいけなかったのに、ごめんなさいね。

あと、このレシピの分量はふたりぶんです。

2　薄く切ったじゃがいもをグラタン皿に並べます。

じゃがいもは三つ。よく洗って、皮を剝いてね。駅前の百円ショップに皮むき器が売ってあります。どこに置いてあるのかわからない時は店員のマキちゃんに訊いてね。ちなみにマキちゃんの口癖は「そこになかったらないですね」です。あのさっぱりした接客が大好き！　かっこいいよね、彼女。

じゃがいもって、たまにキウイかな？　と思うぐらい緑がかった色のものがあるけど、あれはぜったいに食べちゃだめですよ、毒だから。食べると吐き気がしたり、頭が痛くなったり、最悪死にます。この毒はソラニンというんですけど、毒のくせにやけにかわいらしい名前ですね。ソラニン。ゆるキャラで、そういうのいそう。口癖が「がんばるニン！」だったりして。

まあそんなことはどうでもよいので、とにかく皮を剝いたら、じゃがいもを一ミリの厚さにスライスします。一ミリぐらい、じゃありません。ぜったいに一ミリで。それ以上厚くすると、火のとおりが悪くなるから。たまに「レシピどおりにつくったのに、うまくできなかった！」って文句言う人がいますよね。そういう人はたいていなにか、レシピに書いていないことをやっています。

ここで大切なのは、スライスしたじゃがいもを、水にさらさないこと。水に触れると貴重なデンプン質が流れ出てしまいます。「ストップTHEデンプン流出」と毛筆で書いて冷蔵庫の扉にはっておいてください。

スライスしたら、すこしずつ重ねながらグラタン皿に並べます。トランプでババ抜きする時、手持ちの札が残り六枚ぐらいになった時の状態があるでしょ。あれぐらいの重なりかたです。並べ終わったら、シュレッドチーズをのせてください。スーパーマーケットの乳製品売り場で商品名に「とろける」みたいな単語が入っていれば、それがシュレッドチーズです。パッケージにピザとかグラタンの絵が描いてあったりもしますね。チーズはびっちり敷きつめるんじゃなく、ふわっとかける感じ。そうね、うたたねしてる人に羽根布団じゃなくてそのへんにあるひざ掛けかなにかをおなかのあたりにかけてあげる、ぐらいのさりげなさでかけてください。うたたねする時ってね、そこまでしっかり寝たい時じゃないんですよね。そこに羽根布団はね、違うんだ。

人間って基本さびしがり、かまってほしがりなのに、過剰に気をつかわれるとうっとうしくなる。ひざ掛けぐらいのやさしさが心地よい時もありますよね。ママは、あ、ここで言うママは、『文学スナック　真実一路』の先代のママのことです。あたしのことを「ママさん」と呼ぶ人がいるから、区別しとかないと。ゆかりママ、と呼びましょうね。

ゆかりママはそこらへんのさじ加減が絶妙でした。誰にたいしても甲斐甲斐しく世話を焼くとかべたべたするとかいうことがなかった。でも相手が助けを必要としているタイミングが、ちゃんとわかるの。それって、ふだんから相手をしっかり見ていないとできないことなんですよね。

あたしの実の母も甲斐甲斐しく世話を焼くような人ではありませんでしたが、ゆかりママとはタイプが違いました。けっして悪い母親ではなかったと思います。ちゃんと育ててくれたし、感謝もしています。でもね、なんだろう。具体的にこれという問題がなくても「なんとなく相性が悪い」ということはあります。たとえ血を分けた親子であってもね。

はっきりしない物言いだと自分でもわかっています。仲が悪かった、嫌いでした、と言い切れないのは物語の呪いです。だってフィクションで描かれる親子の不仲や断絶には説得力があるでしょう。だってみんなを感情移入させないと、それが無理でもせめて納得させないと、物語を受け入れてもらえないから。嫌な言いかたをすると、ものすごくわかりやすい不幸が設定として用意されています。

あたしの父も母も、けっして「毒親」というわけではありませんでした。たぶんどっちかと言うと良い親の部類に入るんです。ふたりともまじめで、家族のことをちゃんと愛してて。毎月おこづかいをくれて、でも無駄遣いしたら叱る。「勉強しなさい」と口うるさいし、テストで悪い点をとれば嘆いて、子どもの将来を憂う。平均的な、標準的な親です。でも。

でも、なんですよ、ほんとうにね。こんな平均的な良い親を「あんまり好きじゃない」と言っちゃうと、それはもうお前が悪いよ、子どものわがままだよ、世の中にはもっと苦労している人がいるんです、猛省を促します、悔い改めよ、神と和解せよと非難囂々《ごうごう》のゴーゴー喫茶になってしまい、しまいにゃ「愛里須さんがそんな人だと思いませんでした。ショックです。もうあなたのお店には行かない」とかなんとかってグルメサイトに星ひとつのレビューを投稿されてしまうのです。ふだんうちに来ない人にかぎって書くんだ、そういうことを。

でもせっかくだから、両親のどこがどう好きじゃなかったか具体的に挙げてみようと思います。まずは父から。うちは、日曜日に家族全員でお出かけする習慣がありました。行き先は動物園だったり、デパートだったり、いろいろです。いちばん多かったのは遊園地かな。父が運転する車に乗ってね。でも父は、ちっとも楽しそうじゃないんです。あたしや姉が遊園地の乗り物に乗ってるあいだ、ベンチでぼーっとしてる。居眠りしてる時もあった。父はこのお出かけを「家族サービス」と呼んでいました。母はお出かけするぐらいなら家に残ってたまった家事を片付けたいといつもこぼしていました。あたしや姉も幼児の頃はともかく小学生になったらもう親より友だちと遊びたい。日曜のお出かけは嫌だって伝えもしました。でも父はいつもそれを聞き流す。

車で出かけた帰りはたいてい道がすごく混んでいて、みんな疲れて不機嫌になって、むっつり黙りこんで、なんでこんな気持ちになるためにわざわざ出かけるんだろうって、またうんざりして。家族の誰ひとり幸せになっていないのに、どうして「家族サービス」と呼ぶのって。ほんとうに妻子を連れて外出したいのか。家族が喜んでいるのか。父がそれを自分の頭で考え、家族の反応をちゃんと見ていたなら、「家族サービス」だなんて、とてもじゃないけど言えなかったと思うんです。

あ、チーズをのせたあとのことなんですけど、そのうえにまたじゃがいもを重ねてくださ い。それからまたチーズ。そうやってじゃがいもとチーズの層をつくっていくんです。グラタン皿の腹八分目ってあたりまでよろしくお願いします。

家族の話、もうすこし続けますね。つぎは母。「つぐもる事件」についてお話ししたいのです。そう、あれはあたしが十一歳の時の話でした。

あたしの母は、料理が嫌いでした。嫌いというのも違うのかな、とにかく「めんどうくさい」が口癖の人なんです。でも、あたしや姉が台所に立つのも嫌がるんです。もちろん、その気持ちはよくわかります。普段家事を手伝いもしないやつが気まぐれに入ってきて、勝手に調味料やら食材やら使っちゃうの、腹が立ちますよね。献立の予定も狂うし、よけいにめんどうくさいことになる。

めんどうくさい、めんどうくさいと言いながらも、母は毎日台所に立ってました。体調が悪い日もあっただろうに、ほんとうにすごいことですよね。料理って偉大な仕事です。でもね、もしかしたら「今日はごはんつくりたくないから、各自自分で用意して食べて」と素直に言える家庭のほうが健全なのかもしれません。誰かひとりの継続的な忍耐によって成り立っている毎日の食卓なんて、あまりにも悲しいから。

実家では、母の「ごはんだよ」の掛け声を聞くと、みんな一斉に動き出さなきゃいけないことになっていました。父がテーブルの上を片付けて拭いて、姉がお茶をいれて、お箸を並べる担当。で、あたしはおかずを見て、盛り付けに適した皿を出す係。煮物なら深めの器とか、揚げ物ならいちばん大きな皿、とかね。炊飯器から各人のお茶碗にごはんを盛る担当でもありました。

ここでひとつ説明しておかなければいけないのですが、料理をめんどうくさがる母には、しかし、たったひとつ、大きなこだわりがありました。ごはんは炊き立ての、あっつあつが食べたいし食べさせたい、というものです。だからごはんを茶碗に盛るタイミングがはやすぎるとこっぴどく叱られてしまいます。母からの指示があるまでは炊飯器の蓋を開けることすら許されない。「愛里須、ごはんついで」と声がかかった瞬間すぐに炊飯器の前に立てるようにしておかなければならなかったんです。

あたしの地元では、ごはんを「つぐ」って言うんです。いわゆる方言ですね。あたしは子どもの頃からそのことをずっとなんだかへんだなあ、と感じていました。「つぐ」という言葉が、液体を注ぐイメージとぴったり結びついていたからです。「つぐ」は炊いた米をしゃもじですくって茶碗にうつすというあの一連の動作とはちぐはぐなように思えて、どうにも気持ちが悪かったのです。

ある日、学校で調理実習がおこなわれました。献立はカレーとサラダ、ゆで卵だったと記憶しています。あたしの班には、よそから転校してきたばかりの子がいました。その子があたしに「ねえ愛里須ちゃん。ごはん、もうよそっていいかな?」と訊ねて、そこであたしは「あ」と思ったんですよね。あ、いいなそれ、って。よそう。すごくいい。「つぐ」よりだんぜんしっくりきた。

できあがったカレーを食べながらそんな話をしていたら家庭科の先生がやってきて、先生の出身地ではごはんを「盛る」と言っているよ、と教えてくれました。こんどは、「あ!」。もっとしっくりきた。動作のイメージと言葉が、ぴったり一致して、気持ちよかった。

という話をね、あたしはしゃもじを握りしめながら、母に報告したんです。この気持ちを母に知ってほしかったから。

「あたしさ、だいぶ前から『つぐ』って言いかたはへんだと思ってたんだよね」と言いながら炊飯器の蓋を開けました。白い湯気がもわっと立って、のぞきこんだらまつ毛が湿ります。その直後に、後頭部に衝撃が走りました。母から叩かれたのです。振り返ったらもう一発、こんどは頬に平手が飛んできました。

母はとんでもなく怒っていて、なにを言っているのかよくわからなかったけど「ばかにして」という言葉だけはなんとか聞き取れました。母は娘から「つぐ」と一緒に自分自身を否定されたように感じたんでしょう。あたしの胸は長年の違和感が解消されたという喜びでいっぱいで、母をばかにする気持ちなんてまったくなかったのに。

ほんとうでしょうか。今、これを書きながら、わからなくなってきました。母をばかにする気持ちがもしかしたらちょっとぐらいはあったかもしれません。お母さんはなにも知らない、つまらない田舎のおばさんだ、と侮《あなど》る気持ちが、すこしもなかったとは言えない。母に叩かれたのは、ほんとうにこの一度だけ。基本的にはやさしい人でした。父もそう。善人か悪人かで言えば、確実に善人なんです。

子どもの頃、あたしは将来の夢というものがありませんでした。憧れの職業とか、そういうね。でも遠くに行きたいなとだけ、ずっと思っていました。いつかはここじゃない場所で暮らしたいという夢があった。きっとどこかにあたしの場所がある、と思っていたんです。「盛る」に出会えた時みたいに、居心地の悪さを感じずに済む場所が、きっとどこかにあると。

3　牛乳と生クリームを混ぜ合わせたものを、グラタン皿に流し入れます。

牛乳と生クリームはそれぞれ百ml。混ぜ合わせるときは、そうっとね。泡だて器でしゃかしゃかやったらだめですよ。グラタン皿に流し入れる時も、ゆっくり慎重にね。そうでないと、溢れ出てしまうから。そろそろオーブンの予熱が完了した頃だと思うので、三十分ぐらい焼いたら完成です。オーブンの機種や気温なんかの条件でも変わってくるので、時々様子を見ておいてね。おいしそうな焦げ目がついたら完成です。焼き上がるまでにボウルやまな板を洗っておくと、食後の自分が幸せになれます。

このお料理の名前をまだ書いていませんでしたね。「ドフィノワ」と言います。ま、要はじゃがいものグラタンです。フランスの、ドフィネ地方というところの郷土料理だそうです。行ったことはありません。新婚旅行で行こうよ、と夫にねだったことがあるのですが、なんだかんだでうやむやになりました。

これを読んでいるみなさんは、海外に行ったことはありますか。今までに何度、どんな国に行きましたか。あたしは一度もありません。日本国内でさえ、行ったことがない場所ばかりです。

この街に来たのは、たまたまです。あたしは最初に話したとおり、短大を卒業して、地元の信金に勤めながらコツコツと貯金をしてました。家を出てひとり暮らしをするためにね。はやく家を出たかったけど、父が入院してごたごたしたり姉があまりよくない男と同棲をはじめてそのことで母と喧嘩になったりして、母が精神的に参ってしまったりして、出るに出られなくなっちゃって。

その頃あたしは家からすごく遠い支店に配属されていました。朝早く、いつものように車に乗りこんでエンジンをかけようとしたんだけど、どうしてもそれ以上身体が動かなくなってしまったんです。手が、キーをまわせない。足をペダルに乗せることができない。あ、もうだめなんだ、ってすぐにわかった。好きでも嫌いでもない仕事と家族。平気なふりをしてたけど、ほんとうはずっと我慢をしていたんだって、心よりはやく、あたしの手足が、いや、全身が拒んだ。これ以上この生活を続けることをね。

勤務先に「休みます」と電話を入れて、車を職場とは反対方向に走らせました。どこに行けばいいのかわからなかった。ほんと言うと、途中からどこをどう走ってるのかもよくわかんなかった。あたしの車にはナビなんかついていませんでしたからね。

疲れたな、と思ったら適当にコンビニの駐車場に停めて、車の中ですこし眠りました。そんなことを繰り返しているうちに、フロントガラスの先で西の空が赤く染まりはじめました。あの赤い、きれいなほうを目指していこうって。ゴーウエスト。そんなタイトルの曲がありますよね。小声で口ずさみながら、運転を続けました。あとになって、ある人に go west って「死ぬ」っていう意味もあるんだよ、って教わったんだけど、当時のあたしには死ぬ気はなかったし、今もこうして生きています。そして、この地にたどりつきました。

運転しているあいだはなにも口にしていませんでした。ふしぎと空腹を感じなかったからです。でも、そろそろなんかお腹に入れておいたほうがいいよね、なんて思って車を停めてどこか食事ができそうな店を探したんですが、あいにくどこも閉まっていました。定休日がどこも同じですからね、この商店街は。

うろうろと商店街を迷い歩いているうちに、『文学スナック　真実一路』を見つけたんです。ドアに「営業中」の札がかかっていました。文学スナックってなに？　意味わかんない、と思ったけど、疲れてたし、お腹も減ってたし。なんか食事っぽいメニューがあるといいなあって。

カウンターの中にいた女の人が、ぱっと顔を上げました。そんなに若くない、とてもきれいな女の人で、あたしの顔を見るなり、「喉がカラカラって顔してる」と笑いました。それがゆかりママだったの。言われてはじめて気がついたんです。そうだ、あたしは喉が渇いてたんだって。なぜだか、泣けて泣けてしかたがなかった。

ゆかりママは立ったまま泣きじゃくるあたしを座らせて、熱いおしぼりを出してくれました。鼻をすするあいまに、合いの手みたいにお腹がぐうぐう鳴るもんだから、ママは「忙しい子」と、また笑いました。

「あいにく今日はおやすみだから、なんにもないのよ」って言われて、たしかあたしは「でも、おもてに営業中って」と反論したんじゃないかな。後で聞いたら、たまたま札をひっくり返し忘れていただけだったみたいです。

それにしても鍵もかけずに不用心だなあと思っていると、「昨日のポテトサラダがあるんじゃないの」という男の声がして、飛び上がりそうになりました。見ると、カウンターの隅に眼鏡をかけた猫背の男がちんまり座っているのです。どうやらあたしが入ってきた時からずっとそこにいたようです。薄暗かったのでまったく気づきませんでした。

「これ、うちの息子」と、ゆかりママに紹介されて男は、治ちゃんは、首をぐっと前方に突き出すようなへんな挨拶をしました。昨日のポテトサラダがあるんじゃないの。のちに結婚することになる男から聞いた最初のセリフがこれです。なんともさえないですね。

ゆかりママは「そうだったそうだった」と冷蔵庫から保存容器を取り出して、それからあたしの顔をじっと見ました。

「泣いてる子には、あったかいものを食べさせなきゃね」

ゆかりママは「昨日のポテトサラダ」にチーズをのせて焼いたものを、即席のグラタンだと言って出してくれました。

ドフィノワとはぜんぜん違うけど、あれもじゃがいものグラタンですね。ちなみにポテトサラダはうちの定番かつ売れ筋のお惣菜でもあるのですが、何度つくってもゆかりママのと同じ味にはなりません。ましてやあの日食べさせてもらったじゃがいものグラタンの味はどうしても再現できません。料理って、そういうものなんでしょうね。

焼き上がるまで、まだもうすこしかかるかな。そういえばあたしの夫こと谷川治の著作に「焼き上がるまで」というのがあるんですけど、ご存じですか？　といってもこれは、料理のお話ではありません。ゆかりママが死んだ時の話なの。母親を亡くして、火葬場でお骨《こつ》が焼き上がるのを待っている男の話なの。あたし、基本的に本は読まないんだけど、治ちゃんの書くものだけは別。おもしろいかって訊かれると、口ごもっちゃうんですけどね。

ゆかりママが死んだ時、あたしたちはもう夫婦でした。治ちゃんは、ママのお骨の焼き上がりを待つあいだ、ずっとノートと鉛筆を握りしめていました。一文字も書けていなかったけどね。締め切りを抱えてたとかいうことではないんです。あの人はそんな売れっ子じゃありませんから。母親を亡くした直後の気持ちを、書き留めておこうとしたのかな。あるいは、あれはポーズだったのかもしれません。だって、そんな状況でもなにか書こうとする人、ってすごく作家っぽいから。

作家というのは夜の女と同様に、人生の物語を要求され続けるものです。作家のインタビューには、ぜったいにこういう質問があるんだそうです。どうして作家になろうと思ったんですか？　どうして小説を書こうと思ったんですか？　人間は物語を求める生きものだから、しかたありませんよね。

でもあたしは治ちゃんの「ポーズ」は、治ちゃんを救うものでもあったと思うんです。あの日、彼は作家のポーズに寄りかかることで、なんとか自分を保っていられたんじゃないかな。

「焼き上がるまで」にはゆかりママらしき人物が登場するわけですが、現実のママ、とりわけあたしの目から見たゆかりママと写し絵のようにぴったりと重なるわけではなくて、ふしぎな感じがしました。たぶん小説を書く中で、作家の目というフィルターを通すことで、すこしずつ姿かたちを変えていくものなんでしょうね。

むしろ、あたしはゆかりママをモデルにしたわけではないその他の登場人物にゆかりママのかけらを見つけることがありました。ああここにも、ここにも、こんなところにもいる、ってね。うまく言えないけど、それって生きているってことなんじゃないかなと思うんです。いや死んでるんですけど、完全に死んでるってわかってるんですけど、そこかしこで小さなゆかりママが生きているような気がするの。もしかしたら、あたしがつくる料理の中にもいるのかも。

あと、もしかしてこれってあたしのことかなと思うような登場人物もいるし、他の人から「この主人公って、愛里須ちゃんそのものだよね」なんて言われる時もあります。

ごくまれに「ね、そういうのって嫌じゃない？」と訊かれることもあります。なんでもかんでもネタにされるってどんな気持ちですかってね。

あたしは「ちっとも嫌じゃないよ」って答えるようにしてます。たぶん治ちゃんって、そういうふうにしか書けないし、そういうふうにしか生きられない人なんじゃないかと思っているから。もう、しかたないじゃない？

でもそうすると、だんなさんのことをすごく理解しているんですね、あなたが彼を支えているんだ、作家の妻の鑑《かがみ》だなんて持ち上げられてね。それはそれで困ってます。あたし作家の妻の鑑なんてものになりたくて結婚したわけじゃないもの。

あたしが「つぐもる事件」のことを話した時、あ、結婚前のことなんですけど、治ちゃんはうんうんって頷いて「わかるよ」って言ってくれました。男の人ってね、「わかるよ」ってよく言うんです。女を落とすために、ちっともわかってないくせに口にするんです、わかるわかるよきみの気持ちすごくわかるよきみってほんとうはすごく繊細な人なんだよね、とかってねバーカ。

でも、その時の治ちゃんの「わかるよ」は、そんなんじゃなかった。わかることに、わかってしまうことに、すこし苦しんでいるような、そういう自分を持て余してもいるような、そんなふうに見えました。

小説を書くってね、穴を掘ることなんですって。深く深く潜っていくことなんですって。治ちゃんが以前そう言っていました。そして信頼している編集者だろうが、愛している配偶者だろうが、尊敬している同業者だろうが、その穴の中に一緒に連れていくことはできない。その穴の幅はつねに一人分しかない。ぞっとするぐらい深くて、暗くて、じめじめして嫌なにおいがする穴をひとりぼっちで掘り続けること、それが小説を書くということなんだとしたら、そしてもし作家の夫を「支える」ということが、その穴のふちでずっと待っていてあげることを意味するのだとしたら、とてもじゃないけどあたしには無理です。

身勝手でしょうか。作家の妻の鑑でないあたしは「悪妻」とでも呼ばれてしまうのかな。もしそんなふうに思う人がいたら、あたしは言ってやります、うるせえよって。うるせえ、お前が勝手にこしらえた「理想の夫婦の物語」のパターンに、あたしたちを押しこもうとするんじゃねえよ、って。口が悪くてごめんなさいね。

そろそろオーブンから良い匂いが漂いはじめる頃合いでしょうか。ドフィノワ、あつあつもおいしいんですけど、冷めてもいけます。ひとりじめしてもいいし、誰かと分け合って食べてもいい、お好きなように。肉料理のつけあわせにされることが多いのですが、あたしはドフィノワはじゅうぶん主役になれる子だと思っています。

さて、ここまで読んでいただいてなんなんですが、このドフィノワ、じつはうちの店でもときどき出しています。つくるのがめんどうだな、と思ったのなら、うちに来たらいいんです。あたしはね、そのために店をやってるんです。家族のために料理をつくることを愛情の証《あかし》だと思いこんで、めんどうくさいのもしんどいのもひたすら我慢してイライラしながら台所に立ち続ける人を、ひとりでも減らしたいの。お酒が飲めなくてもオーケイオーケイ、どんどん来てください。おっといけない、宣伝になってしまいました。

最後に。きっとどこかにあたしが居心地の悪さを感じずに済む場所がある。そう思っていた、とさきほど書きましたね。それが「今、ここ」です、なんて、そう書けたなら最高にハッピーな「物語」になると思うんですが、じつはそうでもないのです。あたしは日々いろんな不満を抱えていますし、治ちゃんとだって毎日のように喧嘩して、あーあ！　やってられない！　なんて叫んでる。

　どこにもないんです。この世のどこにも、あたしのために用意されてる場所なんかない。それは悲しいことでしょうか。あたしはそう思いません。あたしたちは「ない」という事実にどうにかこうにか折り合いをつけて生きていくしかないんですからね。

　ではまた、次回（が、もしあれば）、お会いしましょう。

　金剛しおりから送られてきたその文書は、「レシピ」と呼ぶにはあまりにも奇妙なものだった。瑠依と由良子は印刷する間も惜しく、頭を寄せ合うようにして画面上でそれを読んだ。

「どう思う？」

隣でかたまっている由良子に問う。由良子はきわめて冷静な口調で「読んで私がどう思ったのかを訊いてます？　それとも、愛里須さんがこれをどういう意図で書いたと思うか、と訊いてます？」と確認してきた。

「両方」

「おもしろかったです、普通に。書ける人なんだなって、それが私の感想です。愛里須さんの意図についてはわかりません。なかなか小説を書こうとしない夫へのあてつけ、とか？」

瑠依にはそうは感じられなかった。ただ愛里須はこんなことを考えていたのか、という驚きだけがある。

「匙小路さんにはピンとこないかもしれませんが、多くの人はこんなにまとまった量の文章を書く習慣はありません。だからこれを書かずにいられなかったのなら、よほどの強い思いがあったのでは」

「いや、案外にすらすらっと書けちゃったのかもしれないよ」

そういう人っているからね、と瑠依が言うと、由良子はしばらく虚空《こくう》を睨《にら》んだのち「だとしたら」と呟いた。いつになく、掠《かす》れた声だった。

「だとしたら、かなりきつかったかと思いますよ、谷川さんには」

連れ添う女には常に「自分よりちょっと下」であってほしい男は多いのだと、由良子は言う。たとえば年収。たとえば学歴。たとえば力。自分自身の体験に照らし合わせて喋っているらしく、くっと口もとが歪んだ。

「ただでさえ、谷川さんは嫉妬深い人ですし」

「え、そう？」

言うやいなや、由良子から冷たい視線を浴びせられた。

「しらじらしい。本気でそう思っているんなら鈍感すぎるし、鈍感を装っているなら呆れますよ」

いや、と弁解しようとしてやめた。

「……たしかにね。きみはいいよな、って何回も言われてめんどくさい人だなと思ってた」

「そうでしょう。講演会の時なんか見てられなかったですよ」

由良子に言われて、そういえばそれが谷川治と顔を合わせた最後だったと思い出した。たしかもう、二年も前だ。この県内のある大学でおこなった講演会だ。谷川治が聞きに来てくれて、そのあと一緒に酒を飲んだ。

泥酔した谷川治の話題は「エゴサーチをして酷評されているならまだしも誰も自分の本の話なぞしていないと知った瞬間のむなしさたるや」と「なぜ作家はＳＮＳですぐ『重版しました』と報告するのか、あれは自慢か、きみもしているだろう、いったい何のためにいちいち報告するんだ？ 自慢か？ そうなんだな？」の二本立てで、しかも延々とループした。

思い出したら気分が悪くなってきて、瑠依はワインのおかわりをもとめてキッチンに向かう。

「そうだね。谷川くんは嫉妬深い」

「やっと認めましたね。あ、私も飲みます」

由良子もあとに続く。ぐっと一気に干した。

町内の人がみんなあれを読んだのだ。谷川治は知っていたのだろうか。知ったうえで、許可したのだろうか。自分が書くことには慣れていても書かれることははじめてだったはずだ。いったいどんな気持ちがしたのか、本人に訊ねてみたいと思った。同時に、いやいやなんで、とも思う。もう、どうでもよくないか？　谷川治がなんなんだ。谷川治は、自分のなんなのだ？

「なんでこんなに谷川くんのことばっかり考えてるのかわかんなくなってきた」

「ねえ、もうやめましょう。あんな人の話は」

またたくまにグラスが空になる。「新しいの、開けちゃっていいですかね」という由良子のろれつが若干あやしい。

一時間ほど飲み続けたのち、瑠依はソファーの上に、由良子はラグの上にひっくりかえった。天井がぐるぐるまわっている。いい歳をして学生みたいな飲みかたをしてしまった。

「わたしゃ前から思ってましたよ、谷川しゃんって、作家のコシュ、コスプレしてるみたいな人だなって」

どれほど酔っても辛辣さの刃が鈍ることはないらしい。作家のコスプレ、と繰り返して、瑠依はげらげら笑った。

由良子が言いたいことはなんとなくわかった。瑠依も、この人は小説が書きたいのではなくただ「作家」になりたかっただけの人なのではないか、と思ったことがあった。文豪よくばり三点盛りの名にこだわり、なにかと言えばすぐに人をうらやみ、小説とはなにか、というような議論をしたがる。そんなことを考える前に、つべこべ言わずに書けばよかったのに。

書こうが書くまいが、他人は好き勝手なことを言うんだよ。

だから書くしかないんだよ、私たち。

ねえ、そうでしょう。谷川くん。

「しゃじ小路さんあなた、あなたはぁ、依頼がなくても、ほうっておいても、禁止しゃれても書く人じゃないでふかあ」

由良子はそう言いながら、腕を伸ばして瑠依の肩をばしばしと叩いた。痛いってば、と瑠依は身をよじる。

「でもね、あの未発表原稿を読んでから」

思っていたより静かな声が自分の唇から発せられるのを、瑠依はどこか遠く聞いた。自分も知らない、もうひとりの別の自分が喋っているように感じられる。天井がまわる。ほんのりピンクに染まったモチラが、部屋の真ん中でぴょこぴょこと踊っていた。

「それも違うんじゃないかな、と思うようになった」

お前が勝手にこしらえた「理想の夫婦の物語」のパターンに、あたしたちを押しこもうとするんじゃねえよ。

愛理須の言葉が、胸に杭のように深く刺さっている。

「由良子」

「なんでしゅ」

「私は谷川くんたちのことを書いても、いいのかな」

返事はなかった。由良子はもう寝息を立てはじめている。話の途中でなんだよ、と呆れて目を閉じると、瑠依のもとにも睡魔が現れた。睡魔はモチラと手をとりあい、八の字を描くダンスを華麗に舞いながら近づいてくる。ほとんど気絶するようにして、眠りに落ちた。

マッシュルームルーム

大学がとても広い場所である、ということは始も知っていた。生まれてからの三十余年とんと縁のない場所だったが、いちおう知識としては知っていた、ということだ。

母は始を大学に行かせたがっていた。「お金のことなら気にしなくていい」と死ぬ直前まで言っていたが、始には経済的事情とは異なるふたつの事情があった。ひとつは学ぶことは好きでも人にものを教わるのが大嫌いだという性分。もうひとつは、極度の方向音痴。

始は額に汗を滲ませ、浅い呼吸を繰り返しながら、大学の構内を歩いていく。芝生を踏み越え、ひとかたまりになって喋っている若者のグループを避け、汗をタオルハンカチで押さえながら、ひょこひょこと歩いていく。ほんとうは颯爽《さっそう》と歩きたいのだが、長年の友である腰痛を庇いながら歩くので、どうしてもそんな歩きかたになってしまう。

正門から入ってもうずいぶん歩いたはずなのに、まだ目当ての講堂は見えてこない。正門には「桜小路《さくらこうじ》ルリさん特別講演会場」の立て看板があり、そこには「直進↑」と大きく書かれていた。もしかしたら、すでに通りすぎてしまったのかもしれない。不安になって振り返るもそこには同じような茶色い建物がたちならんでいるばかりで、自分が今どこにいるのかすら皆目わからないが案内図は見ない。見たら負けのような気がする。

ここに通っている学生たちは、全員が全員、この広大なキャンパスの全体像を把握しているのだろうか。迷子にならないのだろうか。

足が痛い。今日一日の歩数はものすごいことになっているだろう。始は最近、妻の愛里咲に活動量計なるものを持たされた。一週間装着してみて、自分の一日あたりの平均歩数が二百二十六歩であることを知り、いくらなんでも少ないだろう、壊れているのではないか？　と疑ったが、そういうわけでもないらしい。

いや、今はそんなことはどうでもいい。講堂はどこなんだ。迷子になってしまったのか、とため息をついた始を、若い女性のふたり連れが追い越していく。ひとりが「ルリさまが」と言ったのが聞こえた。弾むような口ぶりであった。彼女たちも桜小路の講演を聞きにいくのだ。後をついていけば、きっと講堂にたどりつける。

坂道をくだり、テニスコートの脇を通り過ぎる。歩道脇に植えられた楓の木が赤く色づき、そこにうららかな陽光がふりそそいで、足元に赤ん坊の手のように可憐な淡い影を落とす。しかし、それをゆったりと鑑賞する余裕はない。女性たちは存外歩くスピードがはやく、ともすれば引き離されそうになる。足ががくがくしてきた。もうイヤだついていけないとべそをかきかけた頃に、想像していたよりもずっとちんまりした佇まいの茶色い建物が見えてきた。

「ここだね」

「だね」

手を取り合ってはしゃぐ女性たちの後方で、始は乱れた呼吸を整えた。

入り口には、桜小路ルリの顔写真入りポスターが何枚も掲示されていた。桜小路ルリ。始と同い年で、同じ年の同じ月にデビューを果たした。共通点は多いが相違点ならそれ以上にある。始はマイナーな新人賞の佳作をもらってひっそりとデビューを果たしたが、彼女のほうは直立《なおたて》賞作家を多数輩出していることで有名な、歴史ある文芸誌の新人賞を「選考会で満場一致」の評価を得て受賞し、「十年に一度の逸材」とド派手に宣伝され、デビュー作から書店で平積みされ、重版、重版、また重版でたちまち人気作家となった。始はエゴサーチのあいまに、桜小路の名を検索してみることがある。たいていは桜小路本人のSNSアカウントによる「重版しました！」という投稿や大手通信社が報じる「桜小路ルリのロングセラー『檸檬の木の下で』が待望の映画化！」といった華々しいニュースが検索上位に示され、妬ましさに胸を焼かれる。ごくまれに「桜小路の小説は通俗的」「くだらない内容」というレビューを見つけることもあるが、それはそれで「お前ごとき一介の本好き風情《ふぜい》になにがわかる」と腹が立つ。自分でも自分の心がよくわからない。

今日のこの講演会にも定員をはるかに超える申し込みがあったようで、受付には長蛇の列ができていた。桜小路はなにかと「同期だから」と始に気安く接してくるのだが、そのたびに始の心はくもる。桜小路の本が売れに売れ、自分との差が開いていけばいくほどにくもって、ますます自分の心が見えなくなっていく。

遅々として進まない列に並び、横目でポスターを観察した。中性的な美貌と品の良さもあいまって、ファンからは「ルリさま」と呼ばれている。始も、桜小路は「容姿端麗」とか「眉目秀麗」とか、漢字四文字で賞賛するにふさわしい外見をしていると思う。本人はデビュー当時、外見のことばかり言われるのを嫌っていた。「ルッキズムだ」と反発していた。それなのにこのポスターときたらどうだ。書影よりも本人の顔写真が大きく使われている。

やっと始の番がきた。大学生とおぼしき若い男性が、始にむかって手を差しだす。桜小路の講演会はメールか郵便はがきで一般参加を受けつけており、そのメールの控え、もしくははがきを提示しなければならないシステムのようだった。しかし始は参加申し込みをしたわけではない。桜小路本人から「席を用意するから、ぜひ来てほしい」と頼まれたから来たのだ。しかし、それをどのように説明すればよいのかがわからない。両手を上げたり下げたりしながらアワアワと口ごもる始に、学生が胡乱《うろん》な目を向ける。

「あの」

発した声がぶざまにひっくり返った直後、ひんやりと冷たいなにかが背中に触れた。振り返ると、マネコが立っていた。

「お待ちしておりました、川谷さん」

マネコは学生に向かって、小さく頷く。学生は「次のかた、どうぞ」と始の後方に向かって声を張った。

「こちらへどうぞ」

マネコは講演会場ではなく、奥のエレベーターへと始を誘導する。列に並ぶ人びとの視線を痛いほど感じながら、始はその場を離れた。「誰あれ？　関係者？」そんなふうに囁かれているのかもしれない。「小説家の川谷始だ」と気づいてくれる者はおそらくひとりもいないだろう。無名な自分自身を卑下しているわけではなく、客観的事実に基づいてそう推測した。

ちんまり、という印象を始に与えた講堂の内部は、思いのほか奥行きがあった。エレベーターで二階に上がるとずっとずっと遠くまで廊下が続いており、ファッと頓狂《とんきょう》な声が出た。

「ずいぶん遅い到着でしたね」

「あの、ちょっと、道に迷って」

責められているわけではないのだろうが、ついへどもどしてしまう。

「桜小路がお会いできることをそれはもう楽しみにしていて、講演の打ち合わせそっちのけで『川谷くんはまだ？　まだ来ないの？』と」

先導するように始の斜め前を歩きながら、マネコが言う。そのきびきびとした口調や、視線の配りかた、制服のように身につけているタイトなスーツや唇にひかれた口紅のきっぱりとした赤さ、髪の毛の一本一本が「ワタクシハ　デキル女デゴザイマス」というメッセージを発しているように感じる。

彼女は桜小路の「マネージャー」である。桜小路がそう紹介したからそうなのだろう。桜小路ほどの人気作家になれば、人を雇わなければならないほど煩瑣《はんさ》な雑務が増えるのであろう、ということしか始にはわからない。最初に紹介された際に名を聞いたし、なんなら名刺も受け取ったはずなのだが、始はどうしても彼女の名が覚えられない。そのため、マネコと呼んでいる。もちろん本人のいないところで。

廊下の中ほどまで進んだマネコがぴたりと立ち止まり「控室」とはり紙のあるドアをノックする。すぐに中から「どうぞ」という桜小路の美しい声が聞こえてきた。

桜小路の小説ではよく人が死ぬ。それも主人公の恋人のような重要な人物が、読者の共感と好感を集めるだけ集めたタイミングで劇的に死ぬ。だからこそ桜小路の小説は読者の情動をいやがうえにも刺激し、涙を流させる。そして熱狂的に支持される。

講演はおもに桜小路の小説の書きかたや小説への思いを語る内容で、大学教授との対談という形式でおこなわれた。サービス精神旺盛な桜小路らしく、スライドには実際に使っていた詳細なプロットや赤字の入った初校までが映し出された。始の背後からは何度か「へえー」「わぁー」などという感嘆の声が聞こえてきたし、始自身も何度かメモをとらずにはいられなかった。

終盤で桜小路が「わたしの小説は通俗的だと揶揄されることもあります。『泣ける』、『泣かせる』小説など、くだらない。何度もそう言われてきました。でも物語は、現実を生きる力です。ままならない事情を抱えた人びとが、自分にはできないことをしてくれる主人公に自身を投影して、カタルシスを覚える。日々、泣いて済ませられない問題を抱えて、泣くに泣けない心を抱えている人が、物語を読んで気持ちよく涙を流せる。そうしてまた明日からもがんばろうって思えるんなら、わたしはそれでいいと思っています。通俗的で、おおいにけっこうですよ」と言いはなつと割れんばかりの拍手がおこり、なかなか止まなかった。始にはステージ上の桜小路が後光を放っているようにすら見えた。

あれはぼくの錯覚だったのだろうか。今タクシーのとなりで焼き菓子を貪《むさぼ》り食っている人間とはまるで別人のようだ、と思いながら、始は桜小路からそっと視線を外した。

講演がはじまる前に通された控室で、桜小路は始を夕食に誘い、始はそれを受けた。桜小路はマネコも誘ったのだが、マネコは「時間外労働はしませんから」と、さっさと帰ってしまった。

「ぼくたちとの夕食は『労働』か」

「そりゃあ、そうでしょ」

「マネコさんはいかにも『仕事できます』みたいな雰囲気なのに、時間外労働をしませんとは意外だね」

始が言うと、桜小路は個包装のマドレーヌの袋を破こうとしていた手を一瞬とめた。彼女が抱えているのは、帰り際に講演の主催者から渡された焼き菓子のつめあわせの箱だ。タクシーに乗りこむなりばりばりと包装紙を開けて食べはじめた。よほど腹が減っていたらしい。

「仕事ができるから残業をしなくて済む、の間違いじゃないのかな？」

あと彼女の名は「真砂さん」だから、と桜小路は口調を厳しくした。他人の名前をちゃんと覚えたほうがいい。始は以前から桜小路にそのことを厳しく注意されている。

「マネコとマナゴなら、そう間違ってない」

「ちょっとでも間違ってたらダメなの。人の名前なんだから。そもそもその相手の名前を覚える気がまるでない態度、失礼極まりない」

「苦手なんだよな」

「名前を覚えるのが？」

「真砂さんが、だよ」

「どうして？　傑物《けつぶつ》だから？」

桜小路はマドレーヌを口に含んだまま、不明瞭な声音で言った。傑物。始はめったに使わない表現だ。とくに女性にたいしては。それは性差別なのだろうか。いや、そうだとわかっているから、桜小路には言わない。

「谷川くんあのさ、人気作家の敏腕マネージャーって聞いた人が想像するようなステレオタイプをそのまんま堂々とやってのけるっていうのは、かなりの覚悟と努力が必要なんだよ」

「人気作家」なんてよく自分で言えるよな、と鼻白む。これもまた、桜小路の言う「ステレオタイプをそのまんま堂々と」ということなのかもしれない。

さきほど始と桜小路がタクシーに乗りこむ前、遠くから「ルリさま！」と声がかかった。講演の開始前に出くわした、あの女性ふたり連れだった。

桜小路は鷹揚に「君たち、いつもありがとう」と片手を上げた。きゃあ、と悲鳴じみた声が上がった。彼女たちだけではなく、周囲にいた他の数名からも。スター然とふるまってみせるということ。それは義務だ、と桜小路は断言する。

「わたしはね、読者のみんなが期待してる『人気作家』らしいふるまいを、腹くくってやってんの。ねえ、動物園に虎を見にいく人は強くてかっこいい生きものが見たいんだよ。猛々しく吠えたり肉を喰らう姿が見たい。人間に媚びる姿なんか見たくないでしょ。周囲の人が望むイメージどおりにふるまう。それは、わたしやきみの義務じゃない？」

「ポスターに自分の顔を大きく載せるようになったのも、そのせいか？」

「ほんとうは書いてるものだけで評価されたい。でも商売人としては、本が売れなきゃ困る。食べていけないからね」

「ふん」

「前から言おうと思ってたんだけど、川谷くんってさ」

なにか自分にとって都合の悪い展開になりそうな気配を察知した始は「そんなに菓子ばかり食って大丈夫か。これから飯を食うというのに」と話題を逸らした。桜小路は「大丈夫だから」とあっさり流す。

「川谷くんは、汚いよ」

「え？」と問い返すと、桜小路は涼しい顔で「きみは、き、た、な、い、男だね、と言ったんだよ」と言い直した。

「きたな、汚いってなんだよ」

「昔SNSに『ぼくは小説家になりたかったわけではなく、小説を書きたかっただけだ』

みたいなこと投稿してたよね。バカみたい。わたしには中学生の頃からずっと小説家になりたかった、憧れてた、就職する気はなかった、って話してくれたじゃない。公募の賞にせっせと投稿しては落選して、毎回受賞者に『こいつが今後食べるうまい棒がぜんぶ折れてますように』ってみみっちい呪いかけてたって言ったじゃない。あれなに？　なんでそんなかっこつけるの？　ほんとうは売れたくて、有名になりたくてたまらないくせに」

「そんなことは、ない。ないよ」

「そんなことある。いいかげん、腹くくりなよ。みっともないよ。あ、思い出した。あんた『ぼくは書きたいことを書いた、だから読みたいように読んでくれてかまわない』とかも言ってたよね。エゴサばっかりしているくせに」

「はあ？」

始の叫びとタクシーの運転手の「このへんでいいですか」が重なった。桜小路が運転手にのみ「はい」と愛想よく答える。車はいつのまにか、始の住む町に到着していた。

桜小路は、ほんとうは『文学スナック　路傍の石』に行きたかったらしい。

「いつのまに閉店したの？」

「きみがテレビに出たり、映像化作品の主演俳優と対談しているあいだにだよ」

始が呻《うめ》くように言うと、桜小路はくすりと笑った。

「ひがんでるの？」

「ちっとも」

「ひがんでるんだね」

ごめんねー人気作家で。歌うように言い、中に入る。台所にいた愛里咲が「あ、ルリさん！」と華やいだ声を上げた。握りしめたゴムベラにポテトサラダのきゅうりがへばりついていた。

「しばらく来ないあいだに閉店してたんだね、ぜんぜん知らなかった。『路傍の石』で飲むの、楽しみにしてたのに」

愛里咲は人差し指で天井を指さす。

「二階で飲んだら？　残りものだけど、料理はあるし。お酒は買ってきたらいいし」

「いいよ、そんなの。どこかに食べに行こうよ。一緒にどう？　ねえ、川谷くん」

桜小路が振り返る。始がなにか言う前に愛里咲がその誘いを断った。

「うれしいけど、今忙しいの。ふたりで行ってきて」

「このへん、たいした店ないよ」

どうにか口を挟んだが、ふたりの女にとっては始の見解などどうでもよいらしい。額をつきあわせて「商店街マップ」なるものをのぞきこんで、ここは煮込みがいけるの、酒の種類が多いのと話し合っているが、なかなかこことという店が見つからないようだった。ほら、言った通りじゃないかと思った時、愛里咲が「あ！　そうだ！」と大きな声を発した。

「新しくできたお店があるんだ、ちょっと見てきてよ」


小枝のようにあちらこちらに路地を伸ばす複雑な商店街を、桜小路とふたりで歩く。人通りが少なくてよかったと思う。なにせ桜小路は、歩いているだけでとんでもなく目立つ。始は家でもかまわなかった。というより、家が良かった。妻を家に置いて、女性とふたりで出かけるなんて、相手が桜小路であっても気がひける。

「愛里咲、ほんとうはきみに嫉妬しているんじゃないだろうか」

始が呟くと、桜小路が噴き出した。

「なんだよ」

「いや、すこやかな自信だなあと思ってね」

なんだかんだで川谷くんには自己肯定感が備わってるよね、愛されて育ったからかな、と続ける。

「愛されてても、そういうものが備わらない場合もきっとあるよ」

「そうだね。それは、たしかにそう」

ほとんど反射的に言い返しただけなのに、深く頷かれてしまった。

「ねえ、川谷くん。妻が家で夫の客をもてなすのって、すごく大変なんだよ。たぶん川谷くんが思ってる以上に」

わたしの祖父はけっこう偉い人でね、と桜小路は続けた。彼女が家族の話をするのはめずらしい。

「祖父を慕う人たちの来客が多かった。料理やお酒を用意するのは、祖母。わたしもよく、手伝わされた。台所で、客間から聞こえる笑い声を聞きながらね、掻っこむように余りものを食べるの。だからどんなにすすめられても、わたしは他人の自宅には行かない」

そうか、と答えてから、すこし悩んで「すまなかった」とつけ足す。なんに対する謝罪なのかととがめられるかと思ったが、桜小路は「いいよ」と笑っただけだった。

精肉店も書店も通り過ぎ、となり町に続く橋を渡る。愛里咲が見てきて、と言った店は橋の向こうにある。『ビストロ・マーシュ』という店らしい。手描きの地図もある。

「ところでその、桜小路さんも、その、したりするの？」

「なにをするって？　目的語を省かないでくれる？　気持ちが悪いよ」

「その、感想を、あの、自分の本の、感想を、検索したり」

「ああ、エゴサの話ね」

エゴサーチ。その単語を口にするのが恥ずかしい。自分の唇が「エ」「ゴ」の二文字をかたちづくるのが恥ずかしい。「エゴサ」と略すと「エゴ」の部分が際立つので、尚更だ。

「そう」

「川谷くんが呼吸するようにおこなっている、あのエゴサね」

「なんで知ってるんだよ。愛里咲に聞いたのか?」

「知ってるもなにも、誰でもやってることでしょ」

「じゃあ、きみもか」

「そりゃあね」

なのにどうして、という問いを呑みこむ。なのにどうして、そんなふうに平気でいられるんだ。いや桜小路はきっと、著作にケチをつけられることなんか、めったにないからだ。ほとんどは絶賛、星の数なら毎回五つ。レビューを読めば読むほど良い気分になれる。おそるおそるその思いを口にすると、桜小路は首を横に振る。

「そんなことない。信じられないぐらいひどいことを書かれていることもよくある。ほんとうに読んだのか? と疑ってしまうほど的外れなことを書かれている時もある」

「そうなのか?」

「もちろん、たいていは好意的な感想だけど。探せばいくらでも出てくるよ。あたりまえだって。絶賛のレビューばかりが並ぶ本は、たぶんファンにしか読まれていない本なんだよ、川谷くん。感想が分かれる本っていうのは、それだけいろんな層に届いているという証だって誰かが言ってたよ」

「そんなものだろうか」

「ほめられてばかりなんて、不完全で不健全な状態なんだよ。いろんな感想があってしかるべき」

　橋を渡ったこちら側はもうとなり町だ。川を挟んでいるだけで、まったく雰囲気が違う。どことなく小綺麗、というか。秩序がある、というか。無個性でつまらない、とも言えるが。

「じゃあ、レビューで星ひとつとかふたつとか、もらったことあるか？　きみは」

「ある。え、なに？　川谷くんそんなの気にしてるの？　あれは相性の数値だよ」

「相性？」

「相性占いってあるじゃない。あの子とあなたの相性は七十パーセント、みたいに数値化してくれるやつ。単にその読者と本との相性の数値だと思ってりゃいいんじゃないの」

　桜小路は強い。強くて、まぶしくて、とてもじゃないが自分はこうはなれない。

「ここじゃない？」

　桜小路がビルの前で立ち止まった。橋の向こう側の町にはふつりあいな古びたビルの一階に『bar mushroom』という看板がかかっている。青銅色のドアにはガラス窓はなく、中の様子はいっさい見えない。地図で見るとたしかにそのようだが、店名が違う。

「ビストロでもないし、マーシュでもない」

「愛里咲さんが間違えただけじゃないの？」

入ってみようよ、と言うやいなや桜小路はドアに手をかけた。星の数に傷つく、と言いながら、始は飲食店を探す際にレビューサイトを参考にする。さすがにこの店は星ふたつだからやめておこう、というような安直な判断はしないが、桜小路がいくら愛里咲に頼まれたからとはいえ得体の知れぬ店のドアをなんのためらいもなく押したことに動揺を隠せなかった。

そう広くはない店だった。カウンター席は六つ、奥にボックス席があり、照明は全体的に薄暗い。床のあちこちにキノコのかたちのランプが置かれていて、ぼんやり光っている。酔っ払いが蹴飛ばしたりしないのだろうか、とよけいな心配をしてしまう。音楽が流れていた。音楽、としか言いようがない。んのーん、みよーん、というような音がいくつも連なる。テルミンの音色だろうか。カウンターの奥で、蝶ネクタイをしめた小柄な男がなにか言った。おそらく「いらっしゃいませ」というようなことを口にしたのだと思う。客は誰もいなかった。今のところ、あやしさしかない。やっぱりこの店はやめよう、と言いたかったが桜小路はすでにボックス席に腰を下ろしてしまっていた。

年賀状かな？　と思うほど小さなメニューに、びっしりとこまかな字が書かれている。始はそれを読む気にもなれず、桜小路に手渡した。

蝶ネクタイがやってきて、テーブルに紙のコースターを置く。コースターにもごていねいにキノコの絵が描かれていた。桜小路はメニューを片手に「これはどういうお酒ですか？」などと無邪気に訊ねている。蝶ネクタイがぼそぼそした声で答え、それにつられるように桜小路の声も小さくなっていき、しまいには始には聞き取れないほどの声量になった。

　桜小路の目がこちらに向く。なにか言っているようだということは唇の動きでわかるのだが、店内に流れている推定テルミンの音に掻き消されてまったく聞こえなかった。

「なに？」

　大きな声で訊ねたつもりだったが、雰囲気にのまれてやけにスカスカした声が出た。桜小路は始に何を飲むかと聞いたようだった。

「じゃあビールで」

「ビールはないんだってさ」

「ええ？」

　そこでようやく大きな声が出せた。蝶ネクタイの男がとがめるようにちらりと始を見る。

「じゃあ、きみと同じものでいいよ」

　ただ注文するだけで、どっと疲れた。背もたれに背中を預けると、みょうにふっかりとして座り心地がよく、なぜこんなところだけ良い具合なんだと腹が立ってくる。桜小路がまっすぐに始を見据えた。

「で？　川谷くんは星ひとつのレビューをもらったから、書けなくなったの？」

「愛里咲から、なにか聞いた?」

「締め切りをのばしてもらってたって。同じ話を玉文社《ぎょくぶんしゃ》の担当さんからも聞いた。すごく心配してたよ」

小説を書くという罪を抱えて生きる覚悟が、あなたにはほんとうにあるんですか? ある男から投げかけられた問いが、自分の中で日に日に大きくなっていた。始はそれを持て余し、押しつぶされそうにもなり、結果として今も書くことから逃げ続けている。

あといくつかの短編を、できれば連作で、そしたら連作短編集として出せる、と言われた。しかしその後は、また書けなくなった。

「ぼくはただ、ただね」

吐き出すようにして、なんとか言った。桜小路が身を乗り出す。

「うん」

「良いものが書きたい、だけなんだよ」

一瞬桜小路の瞳に浮かび、しかしすぐに消えてしまった光が共感によるものなのか、あるいはある種の憐憫《れんびん》だったのか、たしかめることはできなかった。男がしずしずと料理を運んできて、会話が中断されてしまう。

この店の料理はすべてキノコを使っているようだった。マッシュルームの形状を模したような丸っこいかたちのグラスに入った琥珀色の液体、推定ウイスキーに口をつけながら、始は桜小路が注文し、運ばれてきた料理の皿に目を落とす。マッシュルームのソースのかかったオムレツに、炒めたしめじとくるみのブルスケッタ、びくびくしながら食べてみたが、味は悪くない。

子どもの頃から母の店で、さまざまな酔客を見てきた。泣く者、怒鳴る者、吐く者、金をばらまく者、つけをためる者、誰彼かまわず喧嘩を売る者、とにかく物を破壊する者。桜小路はそのどれとも違う。顔色も変わらないし、口調も態度もまったく乱さない。背筋を伸ばして座り、おもしろそうにコースターを持ち上げて、絵に見入っている。

「ねえ川谷くん、マッシュルームって、なんでルーム？　なんで『部屋』なんだろうね」

「なんでだと思う？」

「えーとね。わかった、昔マッシュ伯爵って人がいて、その人は部屋がすごく汚くて、ソファーの下にキノコが生えてたんだ。だからマッシュのルーム」

「部屋は関係ないんだよ。それに、伯爵の部屋なら召使が掃除してくれると思う」

mushroom の語源はフランス語の mousseron で、苔や泡を意味する mousse から派生したとされ、当初は綴りがばらばらだったが、のちに mushroom に統一される。すくなくとも始が昔調べた本にはそう書いてあった。

「マッシュルームには『成り上がり』という意味があったんだそうだ」

「くわしいね」

「調べたんだ、昔」

暇で暇でたまらなかったころに、目にうつるものすべての語源を調べようとしたことがあった。どこからも原稿の依頼がなく、時間は腐るほどにあった。その頃の愛里咲は顔を合わせるとすぐ「原稿やりなさいよ」「依頼なんかなくても書くのよ」ばかり言うので、なるべく生活の時間帯をずらすように心がけていた。

「川谷くんは、愛里咲さんに甘えすぎだと思う」

桜小路は冷酷と言ってもよいほどのきっぱりとした口調で言い切り、グラスを呷《あお》る。片手を上げると、カウンターの向こうで蝶ネクタイが頷いた。はじめてきた店なのに、もう阿吽の呼吸ができあがっている。

「そうだろうか」

「甘えすぎっていうか、もうほとんど依存」

「家事をまかせきりだから？　それともぼくの収入が低いから？」

桜小路がふん、と鼻を鳴らす。

「違う。わかってるくせに」

呆れたように呟かれるのは、面罵《めんば》されるよりも堪《こた》えた。

ぼくは愛里咲に依存しているのだろうか。酔った頭で、始は必死に考える。でも愛里咲は、ぼくを好いてくれている。どこがいいんだろう、という疑問はさておき、本人がそう言うのだから間違いない。あたしは始ちゃんを愛してるんだから、と。妻が愛する夫を支えたがるのはなにもおかしなことではないはずだ。つまりあれもこれも、愛里咲が好きでやっていることであって。いや、そうなのか？　どうなんだろう。わからなくなってきた。

溢れる疑問は強烈な衝動にとってかわられる。尿意はいとも容易に思考を打ち負かす。席を立ち、キノコのランプや絵画だらけの狭いトイレに入って用を足した。ドアを開けて出ると蝶ネクタイの男が立っていて、とびあがりそうになる。

「顔色が悪いようですね」

よかったら酔い覚ましに、と、なにか白く丸いものを差し出してきた。

「ヨーロッパのある地方でしか採取できない、たいへんめずらしいキノコです」

ナントカーニャカントカラナントカポール、と聞こえたが、よくわからない。もういいよキノコは。キノコキノコうるせえな。

「これを齧っておくと、二日酔いしません」

そんなあやしげなものを食べるのは嫌だったが、男がなかなかそれをひっこめようとしないので、いったん受け取っておくことにした。しかし手元が狂って、取り落としてしまう。白いキノコはころころと床を転がり、消えた。トイレに立った時にはよく見えなかったが、この店には地下に続く階段があるようだ。

「落としてしまいました」

「ええ。そうですね。地下に落ちたんだと思います」

どうぞ、と蝶ネクタイは階段を手で指し示す。拾ってこい、ということだろうか。

「え、あの」

「どうぞ。地下に」

男の口調には、なにか有無を言わせぬ響きがあった。なんでぼくが、と思いながらも、始は階段をおりていく。照明は店内と同じく薄暗く、一段一段、確かめながらでないと降りられない。

地下の壁は、二面が天井まで続く書架になっていた。『文学スナック　路傍の石』の店内に、どこか似ていた。そう狭くない部屋の中央に丸いテーブルがある。取り囲むように置かれた低いスツールに五人の人間が座っていて、いっせいにこちらを振り向いた。

「川谷先生！」

講演会場のあちこちで、桜小路に向けられていたような甲高い歓声がわっとおこる。彼らは、面食らって目をしばたたかせる始をあっというまに取り囲んだ。間近で見ても、始には彼らが男なのか女なのかよくわからなかった。全員同じようなマッシュルームカット、同じような中肉中背で、服にはこれといった特徴がない。

「川谷始先生ですよね？　どうしてここに？　わたしたちは先生の作品の大ファンなんです」

「嘘みたい！　今ちょうど、先生の本の読書会をしていたんですよ！」

「信じられない！　ね、先生、こちらにどうぞ」

彼らは始をスツールに引っぱっていく。躊躇していると、ひとりが「さあ、さあ、どうぞ」とスツールをばんばん叩いた。

妙だ。たまたま入ったバーに自分のファンが集っていて、たまたま読書会を開いている。そんなことが現実におこりうるだろうか？　ありえない、と断言するのも屈辱的だが、やはりどう考えてもおかしい。絶対におかしい。なにか巧妙にしくまれた詐欺だとか、そんなふうに考えるほうがよほどしっくりくる。

「ねえ先生、サインください」

ひとりが本を差し出す。始はおそるおそるそこにペンを走らせた。驚きと緊張でぶるぶると手が震えたせいで恐怖漫画の題字のようなサインになってしまった。

「先生の小説は読んでいて情景が目に浮かぶだけでなく、登場人物の息遣いまで聞こえてくるようで、ほんとうにリアリティがすばらしいです」

「わたしなんか、読むたびに『自分がここにいる』って思ってしまうんです」

「読者の感動を煽るのではなく、抑制された筆運びにぐっと来ます」

「この本はわたしの宝物です！　書いてくださってありがとうございます！」

恥ずかしながら、知り合いや編集者以外から直接本の感想を聞くのははじめてのことだった。

「ほんとうですか？」

「そんな嘘つきませんよ！　先生の本は、そう、そうですね。たしかに、感想が書きにくいんですよ。でも平易な文章でとても深いことを書いていらっしゃいます。さらっと読めてしまうんですけど、さらっと読んでしまうと、本質が理解できない。とても難しい小説です。先生はすばらしい作家です」

ありがとうございます、と言ったら、声がつまった。首筋から耳から頬にかけて、きっと真っ赤になっているはずだ。もっと聞きたい。詐欺でもなんでも構わない。騙されたふりをして、もっとほめ言葉を引き出したい。

「桜小路先生と先生って、仲がいいんですよね。それぞれタイプの違う天才ですね。例えて言うなら太陽と月みたいな感じかしら。小説というもの、文章というもののアプローチが正反対なようで、似ている部分もたくさんあると思います」

始はすこし考えてから、頷く。

「そうだったら、うれしいです。ぼくはなんだかんだ言って桜小路さんのことを尊敬していますから」

彼らの顔がぐっと近づいてくる。テーブルに身を乗り出して、始を見つめている。生あたたかい息を、額と頬で受け止める。彼らのうるんだ瞳にうつる自分自身の顔をたしかめた。できているだろうか。「作家らしいふるまい」が。

「川谷くん」

肩を叩かれて、振り返る。いつのまにか、桜小路が後ろに立っていた。

「なにしてるの？　ここで」

「見てよ、この人たち。みんなぼくのファンだって」

桜小路の眉間にぐっと皺が寄る。

「なに言ってるの？　ふざけてるの？」

顔を戻すと、彼らはにこにこと笑っている。人気作家桜小路ルリが現れたというのに、始だけをまっすぐに見つめてくれている。

「ねえ、答えなよ。ひとりで、なにしてるの。なんでひとりで喋ってるの。こんなとこで」

「失礼だろ、やめろよ。ここにいるじゃないか」

「からかってる？　ほら、行くよ」

桜小路が始の右腕を掴む。彼らのひとりが対抗するように始の左腕を強く引いて、よろけたはずみで桜小路の手を振り払ってしまう。

「やだよ」

自分の口から、子どものような声が発されたことに驚いた。

「やだ。もっと話したい。楽しい」

言ってから、まごうことなき本音だ、と実感した。桜小路には彼らが見えない。だとしたら、詐欺でもなんでもない。これは幽霊か、はたまた幻覚か。こんなふうに言われたかった、という自分の願望が生みだしたものなのか。そうかもしれない。だって彼らの言葉は、まるで始自身が生み出した言葉のようにしっくりとなじむ。もうすこし、もうすこしだけでいいから、この心地よさに浸っていたい。

そうですよそうですよ、という彼らの声が輪唱のように広がる。

「先生、もっと話しましょう」

「作品について、聞かせてください」

「先生は、天才なんですから」

「そうする義務が、あるはずです」

彼らの顔が、ぐにゃりと歪む。こんな顔のマスクをかぶった殺人鬼が出てくるホラー映画があったなあ、とぼんやり思っているうちに、彼らはどんどん歪んでいった。水あめがのびるように身体が変形し、隣どうし絡み合って、たちまち天井にとどくほどの高さになった。もともと区別のつかなかったよく似た彼らは、今はひとつの大きなかたまりになって、ふくらんだりしぼんだりを繰り返している。ぐにゃぐにゃのかたまりがよじれるたびに、目や鼻や口がのぞいた。口はぱくぱくと開いて、せんせい、せんせい、せんせい、せんせいと繰り返し呼ぶ。

「桜小路さん、さっき言っただろう」

桜小路は、青ざめた顔で始を見つめている。

「ほめられてばかりの作家なんてだめだって。でも、ほめられるって楽しいね。気持ちがいいね」

「馬鹿！」

いきなり、桜小路の拳が頬に飛んできた。

「この馬鹿！　先生なんて呼ばれて浮かれて、すごいすごいすてきすてきとちやほやされたいんなら、小説なんかやめてしまえ！」

かたまりから触手のように細く伸びたものが「先生、座ってくださいよ」と始の肩にからみつき、強い力でふたたびスツールに押しこもうとする。

「立て！　帰ろう！　帰るんだよ！」

桜小路は始を無理やり階段に引っぱっていこうとする。

「まって、せんせい」

「せんせいってばぁ」

腕のようなものがぬるりと首筋に絡みつき、髪を引っぱり、頬を撫でていく。階段をのぼろうとして、また足首を摑まれ強い力で引き戻される。

振り払っても、振り払っても、のびてくる。袖を、手首を、肩を摑む手が十本、いやもっとある、どんどん増えていく。始の名を呼ぶ声は次第に低く、あるいは高く、間延びして、震え、階上の推定テルミンの音と判別がつかなくなり、一瞬意識が遠のきかけ、足がもつれた。

「しっかりして。あんた、このままここにいたら二度と書けなくなるよ」

桜小路の声が、始を現実に引き戻した。

「そんなの嫌だ」

「だったら走れ」

ふいに身体が軽くなり、その勢いでどうにか階段をのぼりきった。汗で手が滑り、財布を取り落としそうになる。よくたしかめもせずに紙幣を抜き取り、蝶ネクタイに向かって投げつけた。


こけつまろびつ、という表現を、始は自分の小説の中で使ったことがない。「まろび」という言葉が醸し出す雰囲気が、転びそうになりながら急いで走っているはずの状況にそぐわないと感じるせいだ。「ま」と「ろ」という音の組み合わせがいけない。どうしても脳内で「麿」と変換されるし、「マロン」を連想する。栗のモンブランを思い浮かべもし、もったりとしたマロンペーストの味が口中に呼び起こされる。

それに、始の小説に登場する人間はあまり走らない。書き手自身があまり走ることがないせいかもしれない。こけつまろびつ。こういう状況で使う言葉なのだ、と走りながら頭の片隅で冷静に考えている。何度も転倒したせいで、桜小路のシャツも始のズボンも、どろどろに汚れている。どこをどう走ってきたものかあまり記憶がないが、『路傍の石』と『コメット』が見えてきた時、安堵から腰がくだけた。

「頭が痛いよ」

ぼやく桜小路の輪郭が白っぽく光っていた。天に召されかけているのだろうかと一瞬思ったが、なんのことはない、もう夜が明けようとしているのだった。いったい何時間あの店で過ごしたのだろう、時間の感覚すらおかしくなっている。

『コメット』のドアが開いて、珍妙な水玉模様のパジャマを着た滝谷が姿を現す。新聞受けをのぞこうとして始たちに気づき「なにしてんの？」と目を見開いた。

桜小路と目が合う。自分は今いったいどんな顔をしているのだろう、と始は疲れた頭で考えた。桜小路は今にも泣き出しそうな、あるいは笑い出しそうな、とても奇妙な顔をしていた。

頭が割れそうに痛い、とぼやきながらタクシーで帰った桜小路とは、それからしばらく会わなかった。

桜小路の新刊が発売された。始がタイトルで検索をしたところ、おおむね高評価のレビューが並んでいたが、なかには辛辣な感想もあった。百の中のひとつかふたつだ。これを「気にしない」のは、けれども、なんと難しいことだろう。始もその新刊を発売日に買って読んだ。なるほど、と唸る一行があり、桜小路はほんとうにこのモチーフが好きだなとニヤリとしてしまう箇所があり、やがてクライマックスに差しかかる頃には、知り合いが書いた作品だということは、もっと言えばこれが小説であるということは、ほとんど忘れてのめりこみ、本を閉じたあと、しばらく放心していた。

そうしたことをほとんどそのまま感想として、桜小路に電話で伝えた。川谷くんから連絡をくれるなんてめずらしい、と笑った桜小路は、周囲を気にするように声をひそめて「このあいだのこと」と言った。

「このあいだの、あのこと」

うん、うん、と始もつられて小声になった。脇を通り過ぎようとした愛里咲が引き返してきて、スマートフォンに耳を寄せようとする。

「あっちにいってなさい」

愛里咲はむくれた顔で離れていった。あの晩見たもののことは、愛里咲にすらも話していない。桜小路にも「そのうち話すよ」と濁した。今はまだ、うまく話せる自信がない。

悪酔いしたか、もしくは料理にへんなキノコが混じっていたせいで幻覚を見たか。きっと、そういうことだ。でもあれを見せたのは、たしかに始自身だ。良いものが書きたいだけと嘯《うそぶ》いて、心の奥底ではちやほやされることを望んでいる。桜小路は傑物だが、自分は俗物だ。それを認めることは、始を苦しめなかった。すこしだけ呼吸が楽になって、先週ひさしぶりに執筆用のパソコンを立ちあげた。書けるかな、と思ってから、いや書くんだよ、と思い直す。すこしずつ文字で埋まっていく白い画面を見ながら、すこし泣いた。

あれから何度か橋を渡ってあのあたりを歩いてみたが、『bar mushroom』をふたたび見つけることができなかった。地図のとおりに歩くと、そこには『ビストロ・マーシュ』という橋の向こうの町にふさわしい小綺麗な佇まいの店があるだけだった。

桜小路には黙っていようと思う。始は自他ともに認める方向音痴だし、ふたたび見つけられなかったからといってあの店が存在しないという話にはならない。

電話の向こうで桜小路はしばらく黙り、それから「あのさ」とやや声を大きくした。

「あれってほんと？」

桜小路さんを尊敬していますとかなんとか、ひとりで言ってるのが聞こえたんだけど、と笑いをこらえているような声で続ける。始は「うん」と頷いてから、あの時と同じ言葉を、あの時よりも力強く口にした。

「尊敬しているよ」

「はじめて聞いた」

「はじめて言った」

もっとはやく言ってほしかったな、と歌うように笑って、桜小路は電話を切った。料理の仕込みをしている愛里咲を振り返る。追い払われたことをまだ根に持っているらしく、むんと唇を尖らせていた。たまには手伝ってみようか。ふとそう思い立ち、始は手を洗うため、水道の栓を押し上げる。いきおいよく迸《ほとばし》った水が跳ねて、顎と鼻先を濡らした。


谷川治の「マッシュルームルーム」という短編が『小説スピカ』に掲載されたと知ったのは、瑠依が結婚についての長編の第一稿を書き上げた午後のことだった。

外がずいぶん晴れていることに気づいて、窓を開けた。吹きこむ風の冷たさに驚いて熱いお茶を淹れながら、夏がいつのまにか去っていたことを知った。

毎月郵便で送られてくる『小説スピカ』の目次に谷川治の名を見つけた時、驚いて叫びそうになった。あきらかに自分であると思われる登場人物に驚愕し、震える手で利根川さんの電話番号を呼び出す。

「あら、読んでくれたんですね。いいでしょう、谷川治の新境地って感じしませんでした？」

明るく笑う利根川さんに、連絡が取れなかったのではなかったのですか、と問う。

「ああ、あれね。彼、スマホを川に落としてたんですって。笑っちゃいますよね」

「谷川くん、無事なんですか？　愛里須さんは？」

「無事ってそんなおおげさな」

のんきにけたけたと笑う利根川さんによると、前回の瑠依との打ち合わせの数週間後にはすでに谷川治の原稿を受け取り、新しい連絡先も明らかになった上で、ゲラなどを含め何度もやりとりをしていたという。

「どうして教えてくれなかったんですか」

「えっ、なぜ私が匙小路さんにそれを報告する義務があるのですか？」

そう言われればたしかにそうなのだが、もとはと言えば利根川さんが、谷川治が行方不明であるかのような言いかたをしたのが原因ではないのか。

「そんなことより匙小路さん、ご進捗はいかがですか」

あいさつもそこそこに電話を切り、マンションを出た。谷川家のチャイムを鳴らすも、応答がない。利根川さんは「連絡がとれた」とは言っていたが、家に戻って来たとは言っていなかった。早合点を恥じながら来た道を戻る瑠依のポケットの中でスマートフォンが振動する。知らない電話番号だ。ちょうど橋の上にさしかかったところだった。

「もしもし」

「あ、匙小路さん？　今どこ？」

この間延びした喋りかたは、と思いながら、瑠依は立ち止まった。

「谷川くん？」

「そうだよ、ひさしぶり。ねえ、きみは今どこにいるの？　家？」

「外。家の近くの外」

なにから喋っていいのかわからなかった。スマートフォンを右手から左手に持ち替え、川面を見つめる。そっちこそどこにいるの、と言いかけて口を開けたまま固まってしまった。横っ腹に「キッチン　真実一路」と書いた、たまご色のキッチンカーが目の前を通り過ぎていった。

スマートフォンからは谷川治の「あれ、きみ、橋のところにいた？」と驚いた声が聞こえてくる。


「いやいや、ほんとうに、たいへんだったんだよ」

谷川治はメガネをずり上げながら語った。

「あの晩ぼく、相当飲んだんだね。いやあの晩はあの晩だよ。きみの講演会に行って、そのあとふたりで飲んだだろ。記憶がないんだよ、記憶が。きみ、途中で帰ったよね。いや、そこらへんまではなんとなく覚えてるんだよ。気づいたらさ、ゴミ捨て場で寝てた。スマートフォンも財布もなにも持ってなくて。お勘定はどうしたんだろう？　きみが払ってくれてたの？　そうなんだ、ありがとう。ぼくの身体の重みで破れたのかなあ、家に帰ったらシャツの背中のところに魚の頭やらにんじんのヘタやらがびっしりはりついてたんだよ。愛里須？　そりゃあ怒ったよ。もう、はちゃめちゃに怒ってた」

「そりゃ怒るでしょ」

頭に三角巾をつけた愛里須が口を挟んだ。ちょうどそこに客がやってきた。今日のおすすめはチキン南蛮です、と笑顔で説明している。

啞然としていた瑠依の前を通り過ぎた車は、そのまま駅に向かっていった。追いついた時、車は駅前の広場に停まっていた。三角巾にエプロン姿の愛里須が車の脇に「おべんとう」と書いたのぼりを設置しているのが見えた。

ずっと部屋にこもっていたせいか、走ると息が切れた。「愛里須さん」と呼んだつもりが、実際には「アッ……サン」という苦しげな息がもれただけだった。それでも愛里須は、瑠依に気づいた。

「やだ、ひさしぶり！」と瑠依に抱きついて、元気？　やだ、痩せた？　だめだよちゃんとごはん食べなきゃ！　とまくしたてた。

愛里須はここしばらく、ずっとキッチンカーの準備に奔走していたらしい。諸々の準備のために家を空けていた、修行もしてたし、とのことだ。よくわからないが、惣菜店を営む知人のもとでノウハウを学んでいたというようなことらしい。

「谷川くんも、ずっと一緒に？」

愛里須はそれについて喋りたそうだったが、キッチンカーの前にはすでに行列ができはじめている。客足が途絶えるまで待とうと瑠依が駅前の広場にあるベンチに腰を下ろすと、車の中から谷川治が降りてきて、隣に腰かけて話しはじめた。

キッチンカーでお弁当を売るという計画については数年前から検討していたらしい。自分の料理を多くの人に届けたい、というのが彼女の夢だった。愛里須から相談された時、谷川治は「いいんじゃないか」と答えはしたものの、まさか自分がそれを手伝うことになるとは夢にも思っていなかったという。

「でも、手伝ったんだね」

「うん。愛里須にはずっと助けてもらったから、今度はぼくが」

でもぜんぜん役に立てなくてねえ、と空を見上げる。だろうね、と言いたくなるのをこらえて、瑠依は頷いた。

「ぼくは小説を書くしか能がない人間だということがよくわかった」

こういうとこなんだよな、と瑠依は思わず吹き出しそうになる。卑下しているような口調で、自分ほど小説家らしい小説家はいない、と自慢しているのだ。そんな自分に酔っているのだ、この男は。死んでも「そうだね」などとは言ってやるものかと思ったが、どれほど腹を立てても、これだけは正直に伝えたい。

「『マッシュルームルーム』、おもしろかったよ」

谷川治は驚きも照れもせず、しかししみじみと嬉しそうな声で「ありがとう」と言った。

「生ゴミだらけのシャツを洗いながら考えた話だよ」

「桜小路ルリって、私のことだよね」

まあそうだね、と頷いて、谷川治は瑠依から視線を外した。さすがに、きまりが悪いらしい。

「あんなの、ぜんぶ」

嘘じゃないの、と言おうとしてやめた。母もきっと、こういう気持ちだったのだろう。

谷川治は「だって、小説だからね」と言いながら、おかしそうに吹き出した。そうだよね、と頷いて、瑠依も笑った。

「私、美人の売れっ子作家じゃないし」

「そこはサービスだよ」

「どこサービスしてんの？　ぜんぜんうれしくないよ」

「事実と異なる部分はたくさんあるけど、書いてある気持ちはほんとうだよ」

ひとしきり笑ったあとに、谷川治はそう続けた。

「フィクションだとしても、心にもないことは書けないものだから」

「うん」

風が吹いた。いつのまにか、モチラが膝の上に乗っかっていた。モチラは白い身体をよじり、まんまるな瞳で瑠依を見上げている。

「きみはどうしてたの、最近」

「結婚についての小説を書いてた」

谷川治たちをモデルにしたのでも、両親をモデルにしたのでもない、新しい小説が書けたと思う。いや、要素としてはすこしばかり残っているかもしれない。自分の人生の影響をすべて排除して小説を書くなんて無理な話だ。

まるかつ精肉店の勝山克子や金剛しおりに聞いた話を伝えると、谷川治は「はは」と笑った。

「ほんとうのところ、どうなの」

それは、と谷川治は言いかけて、「いや、今はやめよう」と首を横に振った。

「それは彼女たちの『物語』だね。『ほんとう』のことは……いつか話すよ。長い話になるから」

わかった、と答えて、谷川治から視線を外した。

「なんで、私にあの原稿を送ってきたの?」

「小説は、誰かに読まれてはじめて完成するものだから」

「じゃあ発表すればいい」

言いながら、ああそうか、と思う。谷川治は、あの原稿をどこにも発表する気がないのだ。そうすべきではないと判断したのだ。瑠依はたったひとりの読者として選ばれた。どうして自分が、という思いは、すこしの晴れがましさと居心地の悪さを連れてくる。

キッチンカーに並ぶ人びとの行列は途切れることなく続いている。むしろ、さきほどより長さを増したようにも見える。

愛里須さんはいいな、とふいに思う。人は食べなければ生きていけないから。おいしくてあたたかい食事は人を明日も生きようという気持ちにさせるから。命をささえる仕事は尊い。谷川治も瑠依も、そうした尊さから遠い場所にいる。

「それで、どうするの？　これから」

「愛里須は、スナックを改装して本格的に惣菜の店をはじめるつもりらしい」

「谷川くんは？」

「僕は、書くよ。新しい小説を書く」

「うん」

私もだよ、と答えた瑠依の頬を、透明な綿毛が掠める。

瑠依は空に向かって必死に手を伸ばし、谷川治は泥まみれで地を掘る。違うやりかたで、同じものを探している。

誰にも読まれずに眠り続ける物語がある。文字にされることすらなく、失われていく物語がある。それでも私たちは新しい物語を追いかけるんだねえと呟くと、谷川治は苦笑いしながら頷いた。

ポケットの中でスマートフォンが振動している。おそらく、また母からだ。

「出ないの?」

振動は、谷川治にも伝わっているらしい。

「うん。あとでかけ直すから」

ずっと連絡を無視していたことだけは、詫びようと思った。自分はこれからも母が望むような娘になる気はないし、母の望むような小説を書く気もない。はっきりとそう伝えられる自信はまだないけれども。

ごめんね。瑠依は小さく呟いて、膝の上にいるモチラの背中に触れる。私はあなたの物語をつかまえそこねた。なのに未練がましく、ずっと心の中に閉じこめていたんだね。

もうどこへでも、好きなところに行っていいよ。

モチラはすべり台を滑走するように、伸ばした瑠依の足をすべり落ちた。尻餅をつき、それでも立ち上がり、よちよちと歩いていく。瑠依はその後ろ姿に、小さく手を振った。

モチラは緩慢な、しかしきわめて明確な意志の宿る足取りで前進し続け、ついに瑠依の目には見えなくなった。

「緋色の帽子の女」　二〇二二年四月八日
「令嬢ルミエラ」　二〇二二年七月二二日
「スカートの乱」　二〇二二年一二月一六日
「星を捨てる」　二〇二三年三月二四日
「マッシュルームルーム」　二〇二三年八月七日
「焼き上がるまで」　二〇二三年三月一五日
「万事よろしく」　二〇二三年九月二〇日

U－NEXTオリジナル書籍として公開した上記の短編7本を、
単行本化に際し、大幅に加筆・修正を行いました。

また、この物語はフィクションであり、
実在する団体・人物等とは一切関係がありません。

装画　朝倉世界一
装丁　小川恵子（瀬戸内デザイン）

寺地はるな（てらち・はるな）

一九七七年佐賀県生まれ、大阪府在住。
二〇一四年『ビオレタ』で
ポプラ社小説新人賞を受賞しデビュー。
二一年『水を縫う』で河合隼雄物語賞受賞、
二四年『ほたるいしマジカルランド』で
大阪ほんま本大賞受賞。
『大人は泣かないと思っていた』『カレーの時間』
『ガラスの海を渡る舟』『こまどりたちが歌うなら』
『いつか月夜』『雫』など著書多数。

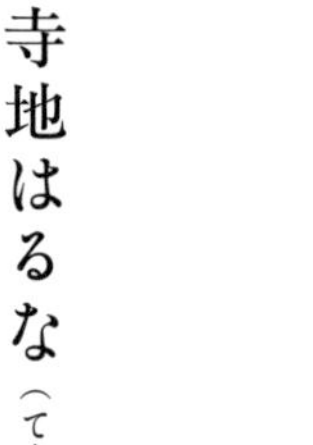

そういえば最近《さいきん》

二〇二五年三月一九日　初版第一刷発行

著者　寺地《てらち》はるな
編集　寺谷栄人
発行者　マイケル・ステイリー
発行所　株式会社U－NEXT
〒一四一－〇〇二一
東京都品川区上大崎三－一－一目黒セントラルスクエア
電話　〇三－六七四一－四四二二（編集部）
〇四八－四八七－九八七八（書店様注文番号）
〇五〇－一七〇六－二四三五（問い合わせ窓口）

印刷所　シナノ印刷株式会社

ISBN: 978-4-911106-33-4 C0093